Image Comics presenta

LOS MUERTOS VIVIENTES

ROBERT KIRKMAN
CREADOR, ESCRITOR, LETRISTA

CHARLIE ADLARD
TRAZOS, ENTINTADOR

CLIFF RATHBURN
GRISES

TONY MOORE
PORTADA

THE WALKING DEAD, VOL. 2 SPANISH EDITION. First Printing. Published by Image Comics, Inc. Office of publication: 2001 Center Street, Sixth Floor, Berkeley, California 94704. For information regarding the CPSIA on this printed material call: 203-595-3636 and provide reference # RICH – 536375.

PRINTED IN THE USA

ISBN: 978-1-60706-845-7

¿LORI?

CARL YA ESTÁ BIEN DORMIDO EN EL AUTO. ES LA PRIMERA VEZ QUE DUERME DESDE QUE NOS PUSIMOS EN CAMINO HACE DOS DÍAS.

QUÉ BUENO. PARECE... PARECE QUE ESTÁ TOMANDO BIEN LAS COSAS.
TAN BIEN COMO PODRÍA ESPERARSE.

POLICÍA
¿ESTÁS BIEN?

MÍRALA... LA CIUDAD ENTERA ESTÁ INFESTADA. NI SIQUIERA PODEMOS ENTRAR SIN QUE NOS ATAQUEN. MIS PADRES ESTÁN MUERTOS... TODOS LOS QUE VINIERON A LA CIUDAD PARA PROTEGERSE ESTÁN MUERTOS. DEBEN ESTARLO.
NADIE PODRÍA SOBREVIVIR A ESO.
POLICIA
Y RICK... HA ESTADO TRES SEMANAS EN COMA. NI SIQUIERA SABE QUE ESTO HA SUCEDIDO... Y LO DEJAMOS... PARA VENIR AQUÍ... POR ESTO.
YO SUGERIRÍA REGRESAR POR ÉL... PERO ESTÁ A SALVO EN EL HOSPITAL. ES EL LUGAR MÁS SEGURO PARA ÉL Y NO PODEMOS AYUDARLO EN SUS CONDICIONES.
ADEMÁS... SI EL GOBIERNO VA A COMENZAR PRONTO A PONER ESTE LUGAR EN ORDEN... EL LUGAR MÁS SEGURO EN EL CUAL ESTAR ES CERCA DE UNA CIUDAD IMPORTANTE.
AY, SHANE. NO ENCUENTRO LA MANERA DE AGRADECERTE EL HABER VENIDO CON NOSOTROS. CARL Y YO NUNCA HUBIÉRAMOS LLEGADO HASTA AQUÍ SOLOS. NUNCA PODRÉ PAGARTE TODO ESTO.
NO SÉ QUÉ ESTÉS PENSANDO TÚ, PERO YO SOY UN DESASTRE. EN VERDAD NO SÉ CÓMO EXPLICARLO.
CON TODO LO QUE ESTÁ PASANDO... CON RICK Y MIS PADRES Y EL MUNDO... NO ME LO TOMES A MAL, PERO... ES QUE ME SIENTO TAN...
SOLA.

PC

LORI... PERDÓNAME... NO FUE MI IN-TENCIÓN...
LO SIENTO.
POLICIA

NO, SHANE... NO TE DISCULPES. CON TODO LO QUE HEMOS ESTADO PASANDO... CON TODO LO QUE ESTAMOS VIVIENDO... LO ENTIENDO.
SHANE, TE... TE NECE-SITO.

TE NECESI-TO.
OH, LORI...

HE DESEADO ESTO TANTO TIEMPO.

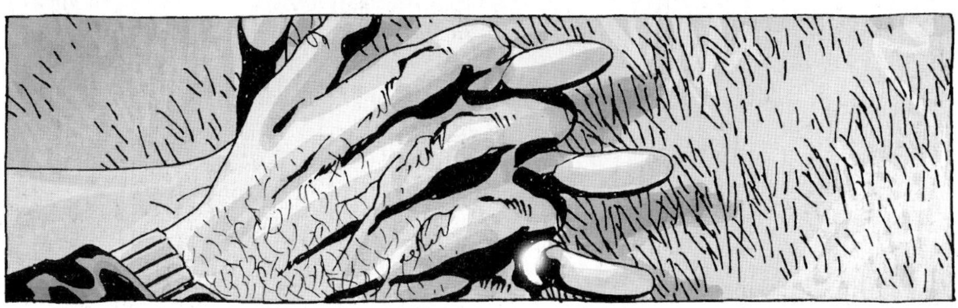

BUENO PUES.
...

PTOO!

MALDITO DESGRACIADO.

QUÉ DÍA, ¿EH?
LORI... ESTÁ... ESTÁ TOMÁNDOLO PEOR QUE EL RESTO DE NOSOTROS. SUPONGO QUE CON EL VIAJE HASTA AQUÍ... Y QUE SHANE LA CUIDARA A ELLA Y A CARL... ELLA CONFIABA EN ÉL.
RAYOS, TODOS LO HACÍAMOS.
NUNCA HABRÍA PENSADO QUE ÉL SERÍA DE LOS QUE PIERDEN EL CONTROL ASÍ... SIMPLEMENTE... LO PERDIÓ.

ERA MI **AMIGO**... QUIZÁ MI **MEJOR** AMIGO. ESTA MALDITA SITUACIÓN EN LA QUE NOS ENCONTRAMOS NO DEBE TOMARSE A LA LIGERA. SI PUEDE CAMBIAR A UN HOMBRE COMO SHANE TAN DRÁSTICAMENTE, ESTAMOS EN UNA SITUACIÓN PEOR DE LO QUE CREÍAMOS.
Y YO SÓLO...

MEJOR LA DEJO SOLA... Y PERMITO QUE SE RECUPERE.
DESPUÉS HABLAREMOS.

¿CÓMO ESTÁ?
MEJOR... PERO VA A PASAR MUCHO TIEMPO ANTES DE QUE ESA POBRE CHICA REGRESE A LA NORMALIDAD.

DALE, ¿CREES QUE ALGUNO DE NOSOTROS VUELVA ALGUNA VEZ A LA NORMALIDAD?

¿DESPUÉS DE HOY? EN REALIDAD NO... Y HABLANDO DE ESO... Y NO ESTOY DICIENDO ESTO PARA DECIR QUE TE LO DIJE... YA ME ESPERABA ESTO. SHANE HABÍA ESTADO CAMBIANDO DESDE QUE LLEGASTE.
CREO QUE ESTABA ENAMORADO DE TU ESPOSA.

LO SÉ. TODOS LOS DESVARÍOS QUE DIJO ANTES DE QUE TRATARA DE DISPARARME... ESO ES TODO LO QUE TIENE SENTIDO.

SÍ... PERO A LO QUE VOY ES QUE TODOS EN EL CAMPAMENTO EMPEZABAN A SER PRECAVIDOS CON SHANE. LOS ATAQUES, AMY... JIM... ESTAMOS LISTOS PARA MOVER ESTE CAMPAMENTO, RICK. DEJÁBAMOS QUE SHANE TOMARA LAS DECISIONES PORQUE ERA POLICÍA... YO SOY UN ANCIANO, GLENN ES UN MUCHACHO, ALLEN... BUENO... NO TIENE MADERA DE LÍDER.
NECESITAMOS UN MODELO A SEGUIR... QUE NOS HAGA SENTIR SEGUROS, EN ESPECIAL A LAS MUJERES. HABLÉ HACE RATO CON TODOS... CREEMOS QUE ESA PERSONA ERES TÚ.
BUENO PUES... DUERME UN POCO. MAÑANA MOVEREMOS EL CAMPAMENTO.
YA ESTUVIMOS AQUÍ SUFICIENTE TIEMPO.

AH, Y UNA COSA MÁS... ANDREA HA ESTADO LLEVANDO REGISTRO DE LOS DÍAS DESDE QUE SUCEDIÓ TODO ESTO. A MENOS QUE SE HAYA EQUIVOCADO EN SUS CÁLCULOS...
MAÑANA ES NAVIDAD.

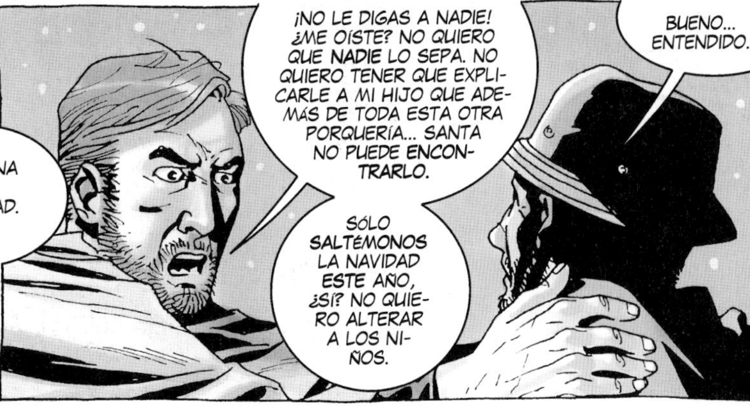
¡NO LE DIGAS A NADIE! ¿ME OÍSTE? NO QUIERO QUE NADIE LO SEPA. NO QUIERO TENER QUE EXPLICARLE A MI HIJO QUE ADEMÁS DE TODA ESTA OTRA PORQUERÍA... SANTA NO PUEDE ENCONTRARLO.
SÓLO SALTÉMONOS LA NAVIDAD ESTE AÑO, ¿SÍ? NO QUIERO ALTERAR A LOS NIÑOS.
BUENO... ENTENDIDO.

¿PAPI?
DORMISTE HASTA MUY TARDE, CARL. YA CASI TERMINAMOS DE EMPACAR PARA LA GRAN MUDANZA. ¿TE SIENTES BIEN?
SI ALGUNA VEZ QUIERES HABLAR DE LO QUE SUCEDIÓ... PUEDES HABLAR CONMIGO.
LO SÉ, PAPÁ.
ASÍ QUE SI ALGUNA VEZ QUIERES HABLAR... ME AVISAS. ¿OKEY?

AJÁ.

¿ESTAMOS TODOS LISTOS PARA PARTIR?
SÓLO ME HACE FALTA PASAR LA GASOLINA DE LOS AUTOS AL CAMPER. ESTAREMOS LISTOS PARA PONERNOS EN CAMINO TAN PRONTO COMO DALE ESTÉ LISTO.
YA ESTOY LISTO. PODEMOS IRNOS INMEDIATAMENTE DESPUÉS DE PONER GASOLINA.

BUENO. QUE TODOS ECHEN UN **BUEN** VISTAZO POR TODO EL CAMPAMENTO PARA CERCIORARSE DE QUE NO ESTEMOS OLVIDANDO ALGO...

Y DESPUÉS LARGUÉMONOS DE AQUÍ.

ES UN VIAJE AGITADO, PERO ESTAREMOS BIEN SIEMPRE Y CUANDO VAYAMOS DESPACIO. LLEGAREMOS A LA CARRETERA EN POCO TIEMPO.

GRACIAS A DIOS QUE DEJÓ DE NEVAR, ¿NO?

EN ALGÚN MOMENTO DEBE DEJAR DE FASTIDIARNOS, ¿NO CREES?

¡¿YA CASI LO QUITAMOS?!
SÓLO UN POQUITO MÁS... AGH... Y YA NO ESTORBARÁ.

¡ANGH!
NO TENEMOS QUE QUITARLO DEL CAMINO COMPLETAMENTE... SÓLO QUE NO NOS ESTORBE.

ENTONCES CREO QUE YA LO HEMOS LOGRADO. PUEDEN DESCANSAR, MUCHACHOS.

¡FIUU!
CREO QUE NO HABRÍA PODIDO SEGUIR HACIÉNDOLO MÁS TIEMPO.

EH... ¿RICK?
¡BUSQUEN ALREDEDOR! ¡VEAN CUÁNTOS HAY!

¡NO QUEREMOS QUE NOS RODEEN!

¡HEY! ¡HEY!
¡NO DISPAREN!

¡OH, SANTO CIELO!
OH, DIOS... ¡PODRÍAMOS HABERLOS MATADO!
LAMENTO HABERLOS SORPRENDIDO... EN ESPECIAL DE ESTA MANERA, EN LA OSCURIDAD. ESTÁBAMOS CAMINANDO A TRAVÉS DEL CAMPO CUANDO MI HIJA, JULIE, VIO LOS FAROS DE SU VEHÍCULO.
NO ENCONTRAMOS A MUCHA GENTE. AL MENOS VIVA... YA NO MÁS.
TE ENTIENDO... EMPEZABA A CREER QUE ÉRAMOS LOS ÚNICOS.
SOY RICK.
TYREESE.
Y ELLOS SON JULIE Y CHRIS... ¿TRAERÁN ALGO DE COMIDA?

ES MUY AMABLE DE TU PARTE, RICK... PERO SI NO TE MOLESTA, CREO QUE LOS MUCHACHOS Y YO TAL VEZ DURMAMOS EN ESTE CARRO.
NO SE SIENTEN MUY CÓMODOS EN LA PRESENCIA DE EXTRAÑOS...

PERO ENTIENDO LO QUE ESTÁS DICIENDO. ESTO **CAMBIA** A LA GENTE. NO TIENE MÁS DE UN PAR DE DÍAS QUE ACABO DE VER A MI MEJOR AMIGO ENLOQUECER Y TRATAR DE **MATARME**. NUNCA HABÍA VISTO QUE ALGUIEN ACTUARA ASÍ... MUCHO MENOS A ÉL. ESTABA TAN IMPACTADO AL VER EL CAMBIO QUE SUFRIÓ, QUE CASI NI ME DI CUENTA DEL **PELIGRO** EN EL QUE YO ESTABA.

CREO QUE TENEMOS GENTE BUENA AQUÍ... Y QUE ESTAMOS SALIENDO ADELANTE... PERO A DECIR VERDAD... SIMPLEMENTE NO SÉ QUÉ ESTÁN PENSANDO TODOS.

PARA MÍ, ESO DA **MÁS MIEDO** QUE CUALQUIER **NECRÓFAGO** MEDIO PUTREFACTO QUE INTENTA COMERSE MI CARNE.

UNAS SEMANAS DESPUÉS DE QUE TODO ESTO EMPEZARA... LA **PRIMERA** VEZ QUE NOS QUEDAMOS SIN COMIDA, REALIZAMOS UNA **INCURSIÓN** A UNA TIENDA DEL CAMPO COMO A TRES KILÓMETROS DE DISTANCIA DE NUESTRA CASA. LLEGAMOS AHÍ PARA ENCONTRAR EL LUGAR DESTROZADO... HABÍA SIDO SAQUEADO TRES VECES YA... PERO HABÍAN LATAS REGADAS POR TODO EL LUGAR. **PARECÍA** BASTANTE SEGURO, ASÍ QUE JULIE, CHRIS Y YO NOS SEPARAMOS... BUSCANDO POR TODO EL LUGAR PARA ENCONTRAR TANTA COMIDA COMO PUDIÉRAMOS.

HABÍA UN VIEJECITO AMABLE, DEBÍA TENER AL **MENOS** SESENTA AÑOS. SIEMPRE ESTABA SENTADO AL FRENTE DE LA TIENDA CON AMIGOS PLATICANDO TODO EL TIEMPO SOBRE SABRÁ DIOS QUÉ... ERA EL VIEJECITO MÁS AFABLE QUE PODÍA CONOCER. SIEMPRE TENÍA ALGO GENTIL QUE DECIRTE. MIENTRAS ESTÁBAMOS SEPARADOS, AGARRÓ A JULIE... Y SE LA LLEVÓ A LA FUERZA A UN CUARTO TRASERO. AL PARECER HABÍA ESTADO **VIVIENDO** EN ESE LUGAR... NO TENÍAMOS NI IDEA SIQUIERA DE QUE ALGUIEN ESTUVIERA **AHÍ**.

OYE, POR DIOS... NO TE TORTURES TANTO POR ESO... HICISTE LO QUE CUALQUIER PADRE HABRÍA HECHO EN TU POSICIÓN.
TAL VEZ SEA POLICÍA... PERO NO DEJO QUE LAS REGLAS ME CIEGUEN ANTE LO QUE ESTÁ BIEN Y LO QUE ESTÁ MAL. EN ESPECIAL FRENTE A NUESTRA SITUACIÓN ACTUAL.
LO QUE ESTÁ TORTURÁNDOME NO ES LO QUE HICE... ME TORTURA EL HECHO DE QUE NO ME SIENTO MAL POR HACERLO.
SÍ... EL FIN DEL MUNDO CAMBIÓ AL VIEJECITO... PERO MIRA CÓMO ME CAMBIÓ A MÍ.
OH, MIERDA.
VAGABUNDOS.
¿VAGABUNDOS?

AH... SÍ, EH. CUANDO ACAMPÁBAMOS CERCA DE ATLANTA, FUIMOS A LA CIUDAD... LA MAYORÍA DE LOS ZOMBIS SÓLO ESTABAN QUIETOS, SIN HACER NADA A MENOS QUE LOS PROVOCARAN. PARECÍA QUE LA MAYORÍA DE ELLOS ESTABAN SATISFECHOS SIN HACER NADA A NO SER QUE ALGO PASARA JUNTO A ELLOS.
LUEGO NUESTRO CAMPAMENTO FUE ATACADO... UN GRUPO DE ESAS COSAS SE ABRIÓ PASO ENTRE NOSOTROS, MATÓ A DOS DE NUESTROS AMIGOS. ASÍ QUE CREO QUE EXISTEN OTRAS CLASES DE ZOMBIS QUE VAGAN POR AHÍ, SIEMPRE EN MOVIMIENTO.
CREO QUE ERRANTES ES UN BUEN NOMBRE, COMO CUALQUIER OTRO.

VIENEN HACIA ACÁ... TENEMOS QUE HACER ALGO.

TENEMOS UNA HACHA EN EL CAMPER POR SI QUIERES TOMARLA. LAS ARMAS PODRÍAN ATRAER A MÁS DE ELLOS.

ESTE MARTILLO ME HA FUNCIONADO MUY BIEN HASTA AHORA.

TENEMOS QUE SEPARARLOS... TÚ VE POR ALLÁ E INTENTA LLAMAR LA ATENCIÓN DE ÉSE.
OKEY. VA.

¡OYE, FEO! ¡POR ACÁ!

¿GAH?

¡MIERDA! ¡PARECE QUE AMBOS VIENEN TRAS DE MÍ!

YO ME ENCARGO.

POR AQUÍ, AMIGO.
ANGH.
THAP!

BUENA SALVADA.
RA-ANGH.
BUENO, HAGÁMOS-LO.

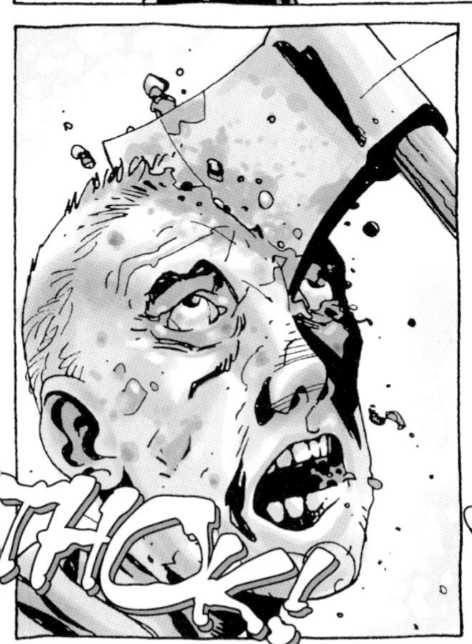
THCK!

THUNK!

SPLAK!

¡ESTAMOS BIEN! ¡TODO ESTÁ BAJO CONTROL!

SI NO ESTAMOS AHORA AL MENOS A TREINTA KILÓMETROS DE ATLANTA... ESTAMOS REALMENTE MUY CERCA. EMPECEMOS A BUSCAR ALGUNAS CASAS O VECINDARIOS Y SALGAMOS DE ESTA CARRETERA.
ESTÁ BIEN.
¡DIOS! ¿Y PODREMOS SIQUIERA MOVER ESTE DESASTRE?
PODRÍAMOS TARDARNOS UN POCO, PERO CREO QUE SÍ PODEMOS.
BUENO... ENTONCES EMPECEMOS... OSCURECERÁ EN UNAS CUANTAS HORAS.

CARAY, ME DA GUSTO HABERLOS ENCONTRADO EN ESTOS MOMENTOS. INCLUSO CON LA AYUDA EN GRAN PARTE DEL CAMPER PARA EMPUJAR, NO CREO QUE PUDIÉRAMOS HABER QUITADO ESA CHATARRA DEL CAMINO SIN TU AYUDA.
SÓLO ESTOY TRATANDO DE PONER DE MI PARTE, RICK. ME DA GUSTO QUE NOS PERMITAN UNIRNOS A USTEDES.

BUENO, HASTA AHORA DEBO ADMITIR... HAS RESULTADO ÚTIL. ADEMÁS DE RICK, NO CREO QUE NINGUNO DE NOSOTROS SEA EN VERDAD MUY FUERTE.

ME CONSTA QUE RETIRAR AUTOS DEL CAMINO ERA MUCHO MÁS DIFÍCIL ANTES DE QUE TÚ LLEGARAS.

Y TAMBIÉN ERES AGRADABLE A LA VISTA.
LO MISMO TE DIGO, CAROL.

TENEMOS QUE AGRADECERLE A GLENN POR ESO. ANTES DE QUE PARTIÉRAMOS, HABÍAMOS ESTADO ALMACENANDO BIENES ENLATADOS QUE CONSEGUÍA EN ATLANTA.
VAYA QUE USTEDES TIENEN MUCHA COMIDA.
SÓLO ESTABA CUMPLIENDO CON MI PARTE.
AY, NO TE RESTES TANTA IMPORTANCIA, GLENN... SIN TI ESTARÍAMOS MUCHO PEOR. TENDRÍAMOS QUE DEPENDER MUCHÍSIMO DE LA CACERÍA.
ERES NUESTRA SALVACIÓN.
DEBO COINCIDIR CON LA SEÑORITA, GLENN.
NO HE COMIDO ASÍ DE BIEN EN SEMANAS.

COMO ALGUIEN QUE LO HA VISTO EN ACCIÓN... DEBO DECIR QUE GLENN REALMENTE SABÍA LO QUE ESTABA HACIENDO EN ESA CIUDAD.
EL HECHO DE QUE ARRIESGARA SU VIDA TODOS LOS DÍAS POR EL BIEN DEL CAMPAMENTO... ES ALGO HONROSO.

SI NO HUBIERA ESTADO AHÍ CUANDO LLEGUÉ A ATLANTA... PROBABLEMENTE NUNCA HABRÍA ENCONTRADO A LORI Y A CARL... SI HUBIERA SOBREVIVIDO.

YO EH...

ESPÉRENME UN SEGUNDO, MUCHACHOS.

¿LORI?

¿LORI?
LORI, ¿ESTÁ TODO BIEN?

NO, RICK.
ESTOY EMBARAZADA.

¿EMBARAZADA?
¿CUÁNTO LLEVAS?

NO LO SÉ... UNA SEMANA... DOS. MIS PERIODOS NO HAN SIDO REGULARES DESDE QUE EMPEZÓ ESTO. TODO ESTE ESTRÉS, SUPONGO.

¿ESTÁS SEGURA?

SEGURA. SÉ EXACTAMENTE CÓMO SE SIENTE. NO ME CABE LA MENOR DUDA...
ESTOY EMBARAZADA.

¿QUÉ VAMOS A HACER?
NO LO SÉ.

TE LO PREGUNTO.

¿ESTÁ TODO BIEN?

ESTOY EMBARAZADA.
SÓLO QUERÍA DECÍRSELO PRIMERO A **RICK**.

VAMOS A TENER UN BEBÉ.

EH... **WUAU**. PUES YO... NO SÉ QUÉ **DECIR**.

"FELICIDADES" HA FUNCIONADO DURANTE **AÑOS**.

PERDONA, RICK... SÓLO ESTOY **PREOCUPADO**. NO TENEMOS **DOCTORES** NI **HOSPITAL**. ¿QUÉ VAS A **HACER**?

NOS ENCARGAREMOS DE ESO CUANDO SUCEDA.
VAMOS A ESTAR **BIEN**, ALLEN. ÉSTAS SON **BUENAS** NOTICIAS.

RAYOS, YA ESTÁ EMPEZANDO A NEVAR. ¿HERVIMOS SUFICIENTE AGUA PARA LLENAR TODAS LAS BOTELLAS QUE TENEMOS?
APENAS. QUÉ BUENO QUE ENCONTRAMOS LA CAÑADA EN SU MOMENTO.

RICK, ACERCA DE LO QUE HABLÁBAMOS EL OTRO DÍA... SHANE Y LORI... ¿TÚ CREES QUE...?

MIRA, DALE... SÓLO OLVÍDALO. ¿SÍ?

ES QUE TÚ HAS ESTADO CON NOSOTROS SÓLO POQUITO MÁS DE UN MES. EL MOMENTO EN QUE SUCEDE ESTO PODRÍA SIGNIFICAR QUE...

NI UNA PALABRA MÁS, DALE. ¡NI UNA MALDITA PALABRA MÁS!
SÉ EXACTAMENTE A QUÉ TE REFIERES. ¿CREES QUE NO HE PENSADO EN ESO? ES EN LO ÚNICO QUE ESTOY PENSANDO. SÓLO HEMOS TENIDO SEXO UNA VEZ DESDE QUE REGRESÉ... ESTO ESTÁ VOLVIÉNDOME LOCO. PERO CONFÍO EN MI ESPOSA Y ESO ES TODO LO QUE PUEDO HACER.
ESTOY TRATANDO DE NO PENSAR EN ELLO. SI ME LA PASO PENSANDO EN ESTO PERDERÉ LA CABEZA.
ESTOY MUY PREOCUPADO Y ALLEN NO ESTÁ AYUDANDO EN ABSOLUTO. ESTO PODRÍA MATAR A LORI... Y YO... EL OTRO ASUNTO PODRÍA MATARME A MÍ.
SIMPLEMENTE NO PUEDO LIDIAR CON ESTO POR AHORA.

RICK, SIENTO... SIENTO MUCHO HABERLO MENCIONADO.
NO TE PREOCUPES, HIJO, TODO SALDRÁ BIEN. NO SOBREVIVISTE TANTO TIEMPO SÓLO PARA PERDER LA CABEZA AHORA.
EN ESPECIAL SI TIENES A UN BEBÉ NUEVO EN CAMINO.

VAMOS... VAYAMOS A DORMIR UN POCO.

MIERDA.
ESTE LUGAR HABRÍA ESTADO PERFECTO.
ADELANTE... VÁMONOS.
NO HAY NADA PARA NOSOTROS AQUÍ.

NO SE ALEJEN DEMASIADO DEL CAMPER, TENEMOS QUE REGRESAR PRONTO AL CAMINO.
¡¡WAUGH!!
¡OH, DIOS!
¡DALE!
¡OH, DIOS!
¡OH, DIOS!
¡OH, DIOS!

SÓLO... SÓLO ESTABA CAMINANDO POR AHÍ. NI SIQUIERA LO VI. PERDÓN POR ASUSTARLOS A TODOS.
¡OH, POR DIOS, DALE! ¿ESTÁS BIEN? ¡¿TE LASTIMÓ?! ¡¿ESTÁS BIEN?!
ESTOY BIEN, ANDREA. SÓLO ME CAÍ. VOY A ESTAR MUY BIEN.
¿QUÉ ESTÁ PA...?
OH, DIABLOS.
¿ESTÁ MUERTO?

CREO QUE ESTÁ CONGELADO.

OGG.
¡¡YIIAAAA!!

WUAAA. ¿ESO FUE MÁS O MENOS LO QUE TE SUCEDIÓ?
SÍ, PERO ES MÁS GRACIOSO VERLO Y NO TAN DOLOROSO.

KROK!

SUPONGO QUE NO TIENEN SANGRE FLUYÉNDOLES POR LAS VENAS... ASÍ QUE DEBEN CONGELARSE MÁS RÁPIDO QUE NOSOTROS.
ES BUENO SABERLO.
ESTAREMOS A SALVO MIENTRAS EL CLIMA SE MANTENGA ASÍ.

¿YA SE NOS ACABARON LAS PERAS ENLATADAS?
LA ÚLTIMA VEZ QUE REVISÉ NO VI NINGUNA. PERO TENEMOS COMO TRES LATAS MÁS DE DURAZNOS. FUERA DE ESO, YA CASI SE TERMINÓ LA FRUTA.
RAYOS... SÍ QUE ME GUSTABAN LAS PERAS. Y DETESTO LOS DURAZNOS.

¿ESTÁS PREOCUPADA?
DIGO, POR EL BEBÉ.

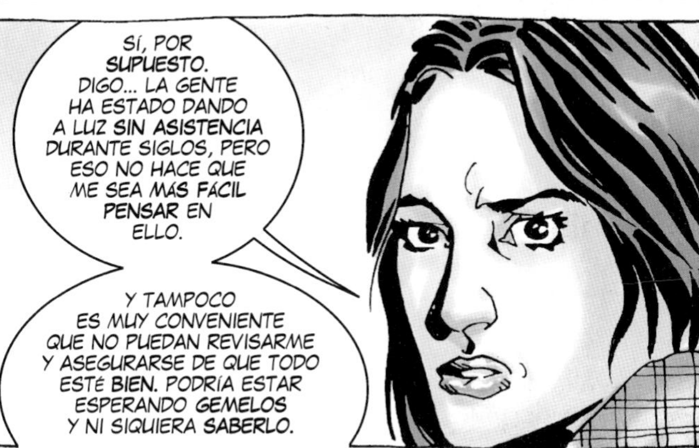
SÍ, POR SUPUESTO. DIGO... LA GENTE HA ESTADO DANDO A LUZ SIN ASISTENCIA DURANTE SIGLOS, PERO ESO NO HACE QUE ME SEA MÁS FÁCIL PENSAR EN ELLO.
Y TAMPOCO ES MUY CONVENIENTE QUE NO PUEDAN REVISARME Y ASEGURARSE DE QUE TODO ESTÉ BIEN. PODRÍA ESTAR ESPERANDO GEMELOS Y NI SIQUIERA SABERLO.

Y LA MORFINA. NO VAN A DARTE NADA DE MORFINA.
MIERDA. NO HABÍA PENSADO EN ESO.

¡AY, MAMÁ! DIJISTE UNA GROSERÍA. ¡ME DEBES DINERO!
¡JI JI!

AY, CARL. PONLO EN MI CUENTA.

¡POR ALLÁ! ¡ALTO! ¡DETENTE!
¡YA LO VI!

FINCAS WILTSHIRE
CREO QUE NOS SACAMOS LA LOTERÍA.

ESTAMOS AL MENOS A TREINTA KILÓMETROS DE LA CIUDAD... DEBEMOS ESTAR RELATIVAMENTE A SALVO AQUÍ.
POR DIOS. SI LA NIEVE NO NOS HUBIERA OBLIGADO A IR A QUINCE KILÓMETROS POR HORA, PODRÍAMOS HABER PASADO SIN VERLO.
ESTE LUGAR ES PERFECTO. PODRÍAMOS EMPEZAR UNA VIDA NUEVA AQUÍ.
SÍ, PARECE MUY PROMETEDOR.
BUENO, ECHEMOS TODOS UN VISTAZO, PERO NO SE DISPERSEN DEMASIADO. POR HOY, REVISEMOS SÓLO ÉSTAS PRIMERAS CASAS. NO SABEMOS QUÉ TAN ABANDONADO ESTÉ EN REALIDAD ESTE LUGAR Y PRONTO OSCURECERÁ, ASÍ QUE ESTÉN ATENTOS.
CHICOS, USTEDES QUÉDENSE CON CAROL, ¿OKEY?
VOY A LLEVARME A LOS NIÑOS DE VUELTA AL CAMPER HASTA QUE USTEDES DEN EL VISTO BUENO.
SUENA BIEN.
TAL VEZ NO SEA UNA MALA IDEA QUE TODOS SAQUEN SUS PISTOLAS.

HASTA AHORA TODO VA BIEN.
AH, Y TIENEN PATIOS MUY GRANDES.
ESTE LUGAR LUCE BASTANTE DESIERTO.
NO SÉ CUÁNDO VA A REACCIONAR ANDREA. POR LA MANERA EN QUE SE QUEDA SENTADA, DEPRIMIDA TODO EL DÍA, UNO PENSARÍA QUE LA HAN MORDIDO.
ESTOY PREOCUPADA POR ELLA.
ESTA CASA ESTÁ VACÍA.
¿QUÉ DICEN USTEDES? ¿TODO ESTÁ BIEN?
HASTA DONDE PODEMOS VER. NO VEO NADA CERCA DE ESTA ÁREA.
BIEN. NO SÉ USTEDES, AMIGOS, PERO EN REALIDAD NO QUIERO PASAR OTRA NOCHE APRETADO EN ESE CAMPER. ¿QUÉ OPINAN SI TOMAMOS TODAS NUESTRAS MANTAS Y NOS QUEDAMOS EN UNA DE ESTAS CASAS ESTA NOCHE?
LAS VENTANAS DEL SEGUNDO PISO DE ÉSTA PARECEN ESTAR BIEN. ESTAREMOS BASTANTE CALENTITOS ALLÁ ARRIBA. MAÑANA PODEMOS EMPEZAR A LIMPIAR LAS CASAS Y ASIGNARLE A LA GENTE SU PROPIA ÁREA HABITABLE.
A MÍ ME PARECE UN BUEN PLAN.
MUY BIEN. ENTONCES, REUNAMOS A LOS DEMÁS Y ACOMODÉMONOS.

TYREESE Y YO VAMOS A REVISAR EL RESTO DE LA CASA. QUÉDENSE TODOS AQUÍ HASTA QUE REGRESEMOS.

ECHARÉ UN VISTAZO ARRIBA.
GRITA SI VES ALGO.
DEPENDIENDO DE LO QUE VEA... TAL VEZ NO ME QUEDE MÁS OPCIÓN.

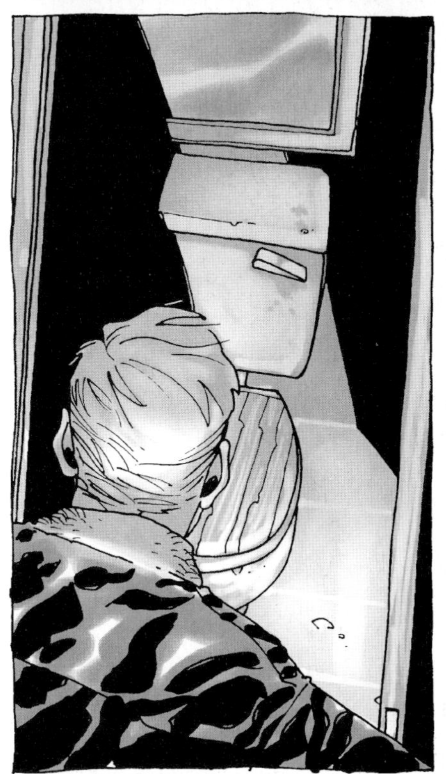

¡PARECE QUE HAY UN SÓTANO! ESTAS CASAS SON MÁS GRANDES DE LO QUE SE VEN.

¡JONGH!
¡YIIIIAGH!
¡MIERDA!

¡MIERDA!
¡MIERDA!
¡MIERDA!

SLUKK!
¡MALDICIÓN!

WHUMP!
¡UUF!

¡¿DALE?! ¡¿GLENN?! ¡¿PODRÍAN AYUDARME?!

¡RESISTE, RICK!

¡LEVÁNTALES LA CABEZA, NO TENGO UN BUEN ÁNGULO DE DISPARO!

FWUMP!

THUD!
¡YO TE CUBRO, AMIGO!

¡HAGAMOS PURÉ A ESTOS IDIOTAS!

¡CON MUCHO GUSTO!

SHUNK!

WHAM!
WHAM!
WHAM!
WHAM!

WHACK!
WHACK!

¿TODO BIEN?
POR AHORA.
TENEMOS QUE LIMPIAR ESE SÓTANO. GLENN, TRAE TU LINTERNA.

ESCUCHA, PROBABLEMENTE OIGAMOS ALGO AQUÍ ABAJO ANTES DE QUE LO VEAMOS.
KAAHH.
TYREESE, TENEMOS UNO.
YO ME ENCARGO.
WHAM!
EL RESTO SE VE DES-PEJADO.
¿TODO ESTÁ BIEN ARRIBA?
SÍ, ES-TABA HACIENDO UN RECORRIDO FINAL CUANDO OÍ TU GRITO. PARE-CE QUE TODO, A EXCEPCIÓN DEL SÓTANO, ESTA-BA LIMPIO.

EL RESCATE DE AHÍ DENTRO POR LAS ESCALERAS FUE GENIAL. ¿DÓNDE APRENDISTE A TACLEAR ASÍ?
EN LA NFL.
¿DE VERAS? ¿ERAS JUGADOR DE FÚTBOL AMERICANO PROFESIONAL?
SÍ, POR DOS AÑOS. LUEGO FUI SACABORRACHOS POR UN TIEMPO, LUEGO TRABAJOS VARIADOS Y EVENTUALMENTE DECIDÍ CONVERTIRME EN VENDEDOR DE AUTOS. ES LO QUE HICE UNOS CINCO AÑOS HASTA QUE SUCEDIÓ TODA ESTA PORQUERÍA.

¿HAS OÍDO CÓMO LA GENTE SE REÚNE Y DICE: "HASTA LOS ATLETAS PROFESIONALES MÁS HUMILDES GANAN UNOS CIENTOS DE MILES DE DÓLARES AL AÑO"? YO ERA UNO DE ÉSOS.
LA PAGA ERA BUENA, PERO YO QUERÍA LA GLORIA. ACABÉ ESFORZÁNDOME UN POCO MÁS DE LO NORMAL PARA IMPRESIONAR A MI ENTRENADOR Y TERMINÉ LASTIMÁNDOME.

AUN ASÍ, ESO ES BASTANTE IMPRESIONANTE. MUCHO MEJOR QUE "POLI DE PUEBLO".
NO SÉ... YO NUNCA PUDE PORTAR UNA PISTOLA.

BUENO, EN REALIDAD YO NUNCA USÉ LA MÍA, EN TODO CASO NO ANTES DE QUE LOS MUERTOS DEJARAN DE MORIR.

¿DE VERAS? Y YO QUE TE CONSIDERABA UN POLICÍA HEROICO, POR LA MANERA EN QUE HAS ESTADO RESISTIENDO LOS ÚLTIMOS DÍAS.

DIOS, NO. YO ERA TODO UN OFICIAL MATUTE.

BUENO, PUES SIN DUDA HAS RESPONDIDO MUY BIEN AL RETO.
TAL VEZ DEBAMOS QUEMAR A ESTOS TIPOS MAÑANA.

PROBABLEMENTE ENCONTRAREMOS MÁS CUANDO REGISTREMOS LAS CASA MAÑANA. ASÍ QUE LOS QUEMAREMOS CUANDO TENGAMOS UN BUEN MONTÓN. AHORA YA CASI ESTAMOS ACOSTUMBRADOS AL OLOR ... EL CUAL ME DA NÁUSEAS... ASÍ QUE PODEMOS ESPERAR UN DÍA PARA QUEMARLOS Y AHORRAR CERILLOS.
ESTE LUGAR ESTÁ REPLETO DE MERCANCÍA ENLATADA.
¿TIENEN PERAS?
PERAS, MANZANAS, PIÑAS, DURAZNOS, CEREZAS... SI ENLATARAN UVAS ESTOY SEGURA DE QUE TAMBIÉN LAS TENDRÍAN AQUÍ.
CON PROVISIONES COMO ESTAS UNO PENSARÍA QUE SABÍAN LO QUE SE AVECINABA.
QUÉ BUENO ES OÍR ESO. CUANDO VI LA VENTANA ROTA ME PREOCUPÉ. PERO EL SAQUEO DEBE HABER SUCEDIDO AL PRINCIPIO, CUANDO LA GENTE SE ROBABA TELES, VIDEOS Y COMPUTADORAS. TODOS DEBEN HABER HUIDO A ATLANTA PARA CUANDO LA GENTE SE DIO CUENTA QUE LA MERCANCÍA ENLATADA ERA MÁS VALIOSA.
POR SUERTE PARA NOSOTROS.
BUENO, SE HACE TARDE Y ESTOY ANSIOSO POR EMPEZAR MAÑANA A EXPLORAR ESTE LUGAR. YO DIGO QUE NOS VAYAMOS A DORMIR. SERÍA MÁS SEGURO SI TODOS DURMIÉRAMOS ARRIBA. CON LO LIGERO QUE ES NUESTRO SUEÑO AHORA, TODOS OIRÍAMOS SI ALGO SUBE LAS ESCALERAS Y ESTOY SEGURO DE QUE TAMBIÉN LOS DETENDRÍA BASTANTE.
EL PROBLEMA ES QUE TENEMOS CUATRO CUARTOS Y UN BAÑO ARRIBA. SÉ QUE ALGUNOS DE USTEDES ESPERABAN DE VERDAD TENER CASAS PROPIAS CON SUS FAMILIAS, PERO PARECE QUE AL MENOS POR ESTA NOCHE ALGUNOS AÚN DORMIREMOS JUNTOS. ¿VOLUNTARIOS?

ME QUEDARÉ EN EL BAÑO. HE DORMIDO EN BASTANTES TINAS DESDE MIS AÑOS UNIVERSITARIOS. NO ME MOLESTA EN ABSOLUTO.

SOPHIA Y YO PODRÍAMOS COMPARTIR UN CUARTO CON TYREESE, JULIE Y CHRIS.

JE.
ASÍ QUEDAMOS ENTONCES. SUBAMOS LAS MANTAS Y DESCANSEMOS.
¡THAP!

SE DURMIÓ. POBRECITO. NUNCA PUDO DORMIR BIEN EN EL CAMPER.

SÍ, EL CAMPER ERA MÁS CÁLIDO CON TODOS AHÍ ADENTRO APRETADOS, PERO NO CREO QUE HUBIERA UN LUGAR CÓMODO PARA DORMIR EN TODO EL MALDITO VEHÍCULO. Y EL RUIDO... CIELOS, SIEMPRE HABÍA ALGUIEN QUE DABA VUELTAS, TOSÍA O SÓLO SE DESPERTABA DE UNA PESADILLA.

Y EL OLOR... NO OLVIDES EL OLOR.
YA CASI AL FINAL EL OLOR SE PUSO DE LO PEOR. DIOS, NO PUEDO CREER QUE EN VERDAD VAMOS A DORMIR EN UNA CAMA. YA HABÍA OLVIDADO LO QUE SE SENTÍA.
¿QUÉ VAMOS A HACER, RICK?

BUENO, CREO QUE TENGO COMO OCHO MESES PARA ENCONTRARTE UN DOCTOR. UNA VEZ QUE NOS INSTALEMOS AQUÍ, CREO QUE ME PONDRÉ EN CAMINO A BUSCARLO.
SIEMPRE QUISISTE TENER OTRO HIJO ANTES QUE CARL ESTUVIERA MUY GRANDE. SUPONGO QUE CUANDO ES HORA, ES HORA, YA SABES. AUN ASÍ, ÉSTA ES UNA COMPLICACIÓN MÁS QUE NO NECESITÁBAMOS.
LO SÉ, RICK. YO TAMBIÉN ESTOY PREOCUPADA, PERO AHORA QUE TENEMOS ESTE LUGAR NUEVO... ESTOY SINTIÉNDOME UN POQUITO MEJOR AL RESPECTO DE TODO ESTO.
ES SÓLO QUE...
SALDREMOS BIEN DE ÉSTA, CARIÑO. NO TE PREOCUPES.
ESTABA REVISANDO EN NUESTRO ARMARIO Y ENCONTRÉ ALGUNOS COBERTORES, ¿USTEDES QUIEREN UNO MÁS?
CLARO, DONNA. GRACIAS.

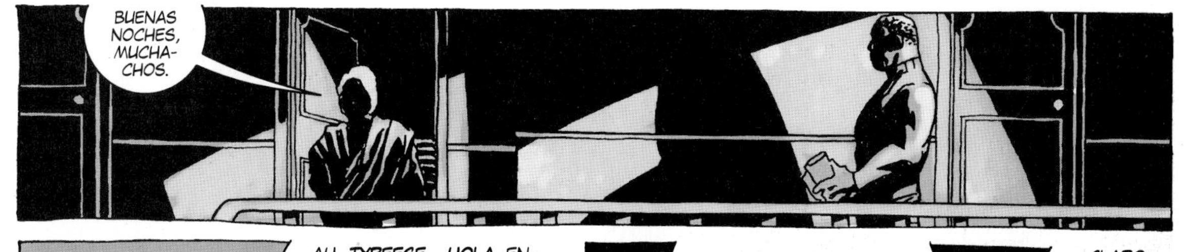
BUENAS NOCHES, MUCHACHOS.

AH, TYREESE... HOLA. ENCONTRÉ UNOS COBERTORES EN NUESTRO ARMARIO. HAY SUFICIENTES PARA QUE TODOS TENGAN UNO MÁS.

TOMA TRES. DALE UNO A CAROL Y A SOPHIA. ¿Y PUEDES LLEVAR EL TERCERO AL BAÑO Y DÁRSELO A GLENN?
CLARO. NO HAY PROBLEMA, DONNA. Y GRACIAS.

OYE, TYREESE, CREO QUE NO HE TENIDO OPORTUNIDAD DE DARTE LA BIENVENIDA A NUESTRO GRUPO. DE VERDAD ME DA GUSTO QUE HAYAS DECIDIDO QUEDARTE AQUÍ. REALMENTE HAS SIDO UNA GRAN AYUDA Y JULIE ES LA NIÑA MÁS DULCE DE TODAS.
BUENO, GRACIAS POR TUS PALABRAS. EN VERDAD SOMOS AFORTUNADOS DE HABER ENCONTRADO GENTE TAN AMABLE. EN ESPECIAL CUANDO LO HICIMOS... YA NO TENÍAMOS COMIDA, NI DÓNDE REFUGIARNOS... TAL VEZ NO HABRÍAMOS SOBREVIVIDO SI NO LOS HUBIÉRAMOS ENCONTRADO ESA NOCHE.

DE VERDAD LES AGRADEZCO TODO LO QUE USTEDES NOS HAN DADO. SIEMPRE PODRÁN CONTAR CONMIGO PARA QUE CUMPLA AQUÍ CON MI PARTE.
BUENAS NOCHES, DONNA.

BUENAS NOCHES, TYREESE. DUERME BIEN.

¿DALE?
¿ANDREA?
MUCHACHOS, ENCONTRÉ...

...

click.

ANDREA ESTÁ BIEN.
¿EH? ¿QUÉ?

FUI A SU CUARTO A DARLES UN COBERTOR Y LOS VI... LOS VI CASI POR COMPLETO... JUNTOS. ASÍ QUE NOS QUEDAREMOS CON SU COBERTOR DE MÁS.
NO QUISE INTERRUMPIR.

¿EN SERIO? WUAU. PUES QUÉ SUERTE PARA NOSOTROS, ¿EH?
SUPUSE QUE NO LA NECESITARÍAN... SE MANTIENEN BASTANTE CALIENTES ENTRE ELLOS MISMOS.

¿SABES? AÚN NO APRUEBO LO DE ESOS DOS, PERO ANDREA ES UNA MUJER MADURA Y PUEDE TOMAR SUS PROPIAS DECISIONES. ES AGRADABLE VER FELIZ A LA GENTE. CON TODO LO QUE ESTÁ PASANDO.
ME DA GUSTO POR ELLOS.

Y SE DERRITIÓ LA REINA DE HIELO.
OH, CALLA.

HABLANDO DE ESO, CREO QUE AFUERA ESTÁ AUMENTANDO LA TEMPERATURA. LA NIEVE DE LA VENTANA ESTÁ DERRITIÉNDOSE.

PLOP

PLOP

PLOP

PLOP

TODOS
MUERTOS
NO ENTRE

¿LORI?

¿LORI?

¡SSSH!
LO DESPERTARÁS.

AH, PERDÓN. ¿HACE CUÁNTO QUE ESTÁS DESPIERTA?

UNOS MINUTOS... MEDIA HORA, EN REALIDAD NO ESTABA PONIENDO ATENCIÓN. NO POR MUCHO TIEMPO.
MÍRALO, QUÉ TRANQUILO ESTÁ. NO HA DORMIDO ASÍ DESDE QUE SALIMOS DEL CONDADO HARRISON.

NO PUEDO IMAGINAR LO DIFÍCIL QUE TODO ESTO HA SIDO PARA ÉL. SHANE... JIM Y AMY... TODO. DEMONIOS, LORI... NI SÉ CÓMO YO ESTOY LIDIANDO CON ESTO.

ESO ES LO QUE HE ESTADO PENSANDO. ESTE BEBÉ NUEVO NUNCA SABRÁ CÓMO ERA EL MUNDO, RAYOS... CARL NO RECORDARÁ MUCHO DE ÉL EN MUY POCO TIEMPO.
NUNCA SABRÁ LO QUE ES OBTENER SU LICENCIA DE MANEJO, O IR AL CINE CON UNA CHICA.

RICK, ¿CREES QUE ALGUNA VEZ PODREMOS ARREGLAR TODO?

NO LO SÉ.
ESO ESPERO.

YO... EH... PERDÓN. CREO QUE... MIENTRAS DORMÍA... EH.

NO, TYREESE... ESTÁ BIEN. EN SERIO.
ME AGRA-DA.

¿EN QUÉ ESTÁS PENSANDO?
NO SABÍA QUE ESTABAS DESPIERTO.
SORPRESA.

SÓLO ESTABA PENSANDO EN ANDREA Y DALE... AMBOS PERDIERON A ALGUIEN QUE AMABAN... ALGUIEN MUY CERCANO A ELLOS. LES AFECTÓ MUCHO, LO VIMOS... PERO A LA LARGA LOGRARON SALIR ADELANTE. CUANDO LOS VI JUNTOS ANOCHE... SON FELICES.
AL VERLOS... Y SABER QUE PUEDEN VOLVER A CONSTRUIR SUS VIDAS... ESO ME DA ESPERANZA.
Y LUEGO TENEMOS ESTE LUGAR... UNA OPORTUNIDAD DE EMPEZAR DE NUEVO. UN NUEVO LUGAR... SÓLO PARA NOSOTROS. Y SI LA MITAD DE LAS CASAS EN ESTE VECINDARIO SON TAN AGRADABLES COMO ÉSTA, TODOS ESTAREMOS FELICES. ESTE LUGAR... ES PERFECTO.
CREO QUE PODEMOS SER FELICES AQUÍ.
Y TODOS CON QUIENES ESTAMOS SON BUENAS PERSONAS. NO PUEDO CREER QUE HAYAMOS ENCONTRADO SIN QUERER A GENTE COMO ELLOS. NO PODRÍAMOS PEDIR MEJORES VECINOS.
DE VERDAD SOMOS AFORTUNADOS.

TIENES RAZÓN. SI ESTO FUNCIONA, YA LA HICIMOS. HACE MUCHO QUE NO TE VEÍA ASÍ DE CONTENTA, DONNA.
¿QUIERES QUE TENGAMOS SEXO?

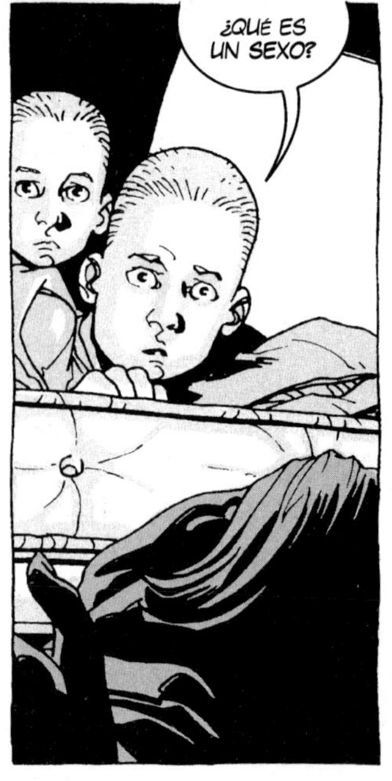

¿QUÉ ES UN SEXO?

¿ESO RESPONDE A TU PREGUNTA?

BUENOS DÍAS A TODOS. HOY VIENE LA PARTE DIVERTIDA. VAMOS A DIVIDIRNOS EN GRUPOS Y A BUSCAR POR TODAS ESTAS CASAS... O EN TANTAS COMO PODAMOS.
ESTAMOS BUSCANDO MERCANCÍA ENLATADA Y PROVISIONES, BOTIQUINES DE PRIMEROS AUXILIOS Y MÁS IMPORTANTE AÚN... HAY QUE CERCIORARNOS DE QUE ESTE LUGAR SEA SEGURO Y DE QUE NO HAYA NI UN SOLO INVITADO OCULTÁNDOSE DENTRO COMO HABÍA EN ÉSTA.
SAQUEN SUS PISTOLAS Y ESTÉN LISTOS PARA DISPARAR. ESTO VA A SER PELIGROSO, ASÍ QUE MANTENGAN LOS OJOS BIEN ABIERTOS Y ESTÉN ALERTAS.
ADEMÁS, TENGAN EN MENTE QUE TODOS NOS DISTRIBUIREMOS EN ESTAS CASAS DESPUÉS DE ASEGURARLAS, ASÍ QUE REVÍSENLAS, SI VEN UNA QUE LES GUSTE... TÉNGANLA PRESENTE. PARECE QUE HABRÁ MÁS QUE SUFICIENTES PARA ESCOGER.

PAPÁ, ¿CHRIS Y YO PODEMOS QUEDARNOS AQUÍ? TENEMOS MIEDO. NO QUEREMOS IR A EXPLORAR CASAS OSCURAS.
¿POR FAVOR?

ESTÁ BIEN. PUEDEN QUEDARSE AQUÍ CON ANDREA Y LOS NIÑOS. NO HAY PROBLEMA. DE TODOS MODOS AÚN NO SABEN USAR ARMAS.
DONNA, ALLEN, TYREESE Y CAROL SERÁN UN EQUIPO DE BÚSQUEDA. LORI, GLENN, DALE Y YO SEREMOS EL OTRO. ¿LES PARECE BIEN?

BUENO. VOY A IR AL CAMPER POR UN ARMA PARA TYREESE.

MI EQUIPO, COMENCEMOS AQUÍ ENFRENTE. TYREESE, TU GRUPO IRÁ A LA CASA DE AL LADO. AHORA REGRESO CON ESA ARMA.
REVISEN LOS PATIOS RÁPIDAMENTE. SÓLO REVÍSENLOS UNA VEZ ANTES DE ENTRAR A LAS CASAS.

ESTO VA A SER MUY DIVERTIDO... COMO UNO DE ESOS PROGRAMAS DE CASAS EN LA TELE PERO MEJOR.
SÍ, SUPONIENDO QUE ESTAS CASAS ESTÉN TODAS VACÍAS.

CAROL Y YO VAMOS A REVISAR EL PATIO TRASERO. NO NOS TARDAREMOS MUCHO.

BUENO. NOSOTROS IREMOS A REVISAR POR LA COCHERA.
DE HECHO, YO VOY A ECHAR UN VISTAZO ADENTRO.

TEN CUIDADO, CARIÑO. TODAVÍA NO TE METAS AHÍ. SÓLO MIRA POR LAS VENTANAS O ALGO ASÍ. ESPERA A QUE TYREESE TENGA SU ARMA Y YA PODREMOS ENTRAR TODOS.

TE PREOCUPAS DEMASIADO.

TODOS
MUERTOS
NO
ENTRE

¿QUÉ?

TODOS
MUERTOS
NO ENTRE

OH,
MIERDA.

¡¡AAAHH!!

¡MMMGG!

¡¡AAHGGG!!

¡AGH!
...

¡DONNA!

¡OH, DIOS!

¡¡NO DISPAREN!! ¡¡NO DISPAREN SUS ARMAS!!
¡HAGAN LO QUE HAGAN, NO DISPAREN!
¡¡ALÉ-JATE DE ELLA!!
¡ALLEN, NO! ¡NO HAY NADA QUE PUEDAS HACER POR ELLA AHORA! ¡SÓLO LOGRARÁS QUE TE MATEN!
NGH

BLAM!
¡NOOO!

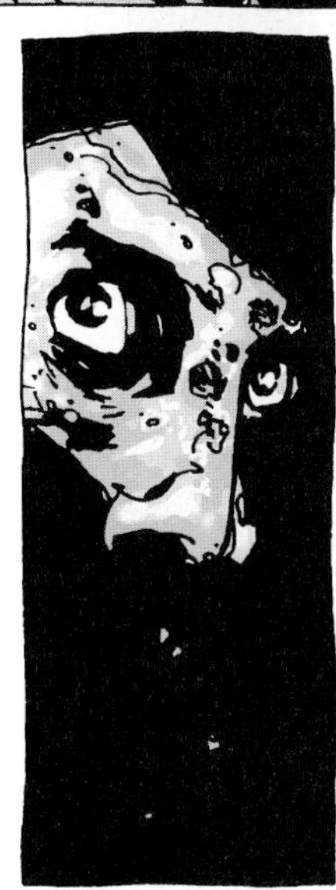

TENEMOS QUE SALIR DE AQUÍ AHORA.

¿QUÉ? ¿QUÉ QUIERES DECIR? ¿PASA ALGO?

SÍ. TENEMOS QUE METERNOS AL CAMPER Y LARGARNOS DE AQUÍ AHORA MISMO.

¡OH, MIERDA!
¡VE! LLEVA A TODOS AL CAMPER. IRÉ POR ALLEN.

¡ALLEN! ¡TENEMOS QUE IRNOS AHORA!

NO. NO PUEDO... NO SIN ELLA. SÓLO DÉJAME, RICK.
DÉJAME AQUÍ.

¡¡NO, MALDITA SEA!! ¡PIENSA EN TUS HIJOS, ALLEN! ¡NECESITAN UN PADRE! ¡TE NECESITAN! ¡AHORA MÁS QUE NUNCA!
NO TE DEJARÉ AQUÍ.

¡SI NO NOS VAMOS AHORA LOS DOS ESTAREMOS MUERTOS!
BLAM!

¡VAMOS!

¡DALE! ¡ENCIENDE EL CAMPER! ¡¡TENEMOS QUE SALIR DE AQUÍ APRISA!!
¡USTEDES, AYÚDENNOS A IR POR LOS NIÑOS!

¡SÍGANME!
¡OH, DIOS!

¿ÉSOS FUERON DISPAROS?
¡TRAE A LOS NIÑOS! ¡NOS VAMOS!

¡¿DÓNDE ESTÁN JULIE Y CHRIS?!
¡OH, RAYOS! FUERON AL PISO DE ARRIBA.
¡IRÉ POR ELLOS! ¡USTEDES VAYAN AL CAMPER!

¿DÓNDE ESTÁ DONNA?
MUERTA. ¿DÓNDE ESTÁ TYREESE?
OH, DIOS. YO... ÉL... TUVO QUE REGRESAR POR JULIE Y CHRIS.

¡MIERDA! ¡SI LOS ZOMBIS SE ACERCAN AL CAMPER, ALÉJATE! ¡NOSOTROS NOS ABRIREMOS PASO! ¡NO TE PREOCUPES POR NOSOTROS!

¡RICK!

MALDICIÓN.
MALDICIÓN.
MALDICIÓN.

BLAM!

BLAM!
¡MIERDA!

¡¿QUÉ CARAJOS ESTÁN HACIENDO?!

¡LO SIENTO, PAPI! SÓLO ESTÁBAMOS...

¡NO TENEMOS TIEMPO PARA ESTO! ¡PÓNGANSE LA MALDITA ROPA YA!

¿LOS ENCONTRASTE? BIEN. NO PODEMOS SALIR POR AHÍ. ¿ALGUNA IDEA?

SLAM!

¡LA VENTANA!

BUENO... ¿QUÉ DEMONIOS VAMOS A HACER AHORA?

¡MIREN!
WHAM!

¡SALTEN AL TECHO!

¡AGARRENSE BIEN!
¡ESTAMOS LISTOS! ¡VÁMONOS!

FINCAS W
CHOOOM!

¿DÓNDE ESTÁ MAMI?

ESTÁ... SU MADRE HA... YO...

¡ESTÁ MUERTA! ¡SU MADRE ESTÁ MUERTA!

LO SIENTO, ALLEN. PERO NO SÉ QUÉ DECIR.
ENTONCES NO DIGAS NADA. SÓLO DÉJAME EN PAZ.
ES QUE ESTOY PREOCUPADO POR ÉL.
¿QUÉ BIEN VA A HACER ESO? LO ÚNICO QUE PODEMOS HACER PARA "ARREGLAR" A ALLEN ES REVIVIR A SU ESPOSA... Y NO PODEMOS HACERLO.
SÓLO DÉJALO QUE LA LLORE... EL TIEMPO QUE SEA NECESARIO. NO SABES LO QUE ES PERDER A UN CÓNYUGE, RICK. AHORA MISMO ESTÁ VIVIENDO UN INFIERNO. LO SÉ.
NO HAY EJOTES... NO HAY ELOTES. DIABLOS... YA CASI NO TENEMOS NADA.
SI TAN SÓLO PUDIÉRAMOS HABER SACADO LA COMIDA ENLATADA DE ESA CASA ANTES DE SALIR.
DIOS... ¿QUÉ VAMOS A HACER?

TENGAN CUIDADO, MUCHACHOS... ESTÉN LISTOS PARA LO QUE SEA.

MALDICIÓN.
TODO LO QUE NO SE LLEVARON FUE DESTRUIDO. ¿POR QUÉ DEMONIOS ALGUIEN HARÍA ESTO?

QUIÉN SABE... MIERDA. ESTO NO ES NADA BUENO.

¿CÓMO DEMONIOS VAMOS A SOBREVIVIR SIN COMIDA ALGUNA?
VEO MUCHA CACERÍA EN NUESTRO FUTURO.

NO CREO QUE NOS TARDEMOS MUCHO. INCLUSO SI NO ENCONTRAMOS NADA, REGRESAREMOS ANTES DE QUE ANOCHEZCA.
SI VEN ALGO, HAGAN UN DISPARO, REGRESAREMOS TAN PRONTO COMO PODAMOS.
ESTAREMOS BIEN. SIEMPRE Y CUANDO VAYAN Y NOS TRAIGAN ALGO DE COMER.
VERÉ QUÉ PUEDO HACER.

¿PUEDO IR YO TAMBIÉN? PUEDO AYUDAR. SOY MUY BUEN TIRADOR.
LO SÉ. PUEDES VENIR CON NOSOTROS, PERO NO DISPARES A MENOS QUE YO TE DIGA. ES MUY IMPORTANTE QUE SI ENCONTRAMOS ALGO NO LO ASUSTES.
SÍ, PAPÁ.
MUY BIEN, YA NOS VAMOS. VIGILEN A ALLEN MIENTRAS NO ESTAMOS, ¿SÍ, CARIÑO?

QUIEN SABE QUÉ ES LO QUE ESTÁ PASANDO A TRAVÉS DE SU CABEZA.
ME TEMO QUE PUEDE LASTIMARSE... O ALGO PEOR.

¿DE VERDAD CREES QUE ALLEN PODRÍA HACERSE DAÑO?
QUERÍA QUE LO DIERA POR MUERTO ALLÁ EN ESAS CASAS HACE UNA SEMANA. NO SÉ QUÉ ESTÉ SINTIENDO EL POBRE HOMBRE... NO SÉ DE LO QUE SEA CAPAZ.

NO CREO QUE PUDIERA LASTIMAR A OTRA PERSONA. ALLEN ES UN BUEN PADRE Y EN GENERAL MUY BUENA PERSONA. NO CREO QUE LLEGUE A TANTO.
PERO DEBO ADMITIR... DESPUÉS DE LO QUE PASÓ CON SHANE... SIMPLEMENTE YA NO SÉ QUÉ PUEDA PASAR.

SÍ, CAROL ESTABA CONTÁNDOME TODO ESO EL OTRO DÍA.

¡SSSH!
¿OÍSTE ESO?

CREO QUE HAY ALGO POR ALLÁ, ADELANTE DE NOSOTROS.

PKOW!
¡CARL! ¡NO!
¡NO!
¡NO, HIJO, NO!
¡¿QUÉ DEMONIOS?!
¡¿QUIÉN CARAJOS ESTÁ DISPARÁNDONOS?!
¡DÉJATE VER!
POR FAVOR, NO ME DISPAREN.
FUE UN ACCIDENTE, LO JU... JURO.

¡¿QUÉ HICISTE?!

¡RICK!
YO...

¡¿QUÉ HICISTE?!
LO SIENTO, SEÑOR... DE VERDAD LO SIENTO. CREÍ QUE USTEDES ERAN...

¿LO SIENTES?
¿TE DAS CUENTA DE LO QUE ACABAS DE HACER?

¡TE MATA-RÉ!
¡TE MATARÉ INFELIZ!

¡RICK! ¡ALTO!
¡NO LO HAGAS!
¡SIGUE RESPIRANDO, RICK!
¡CARL NO ESTÁ MUERTO!

ESTÁ... ¿VIVO?
ESTÁ... ¿VIVO?

¡¿ESTÁ RESPIRANDO?! ¡¿ESTÁ VIVO?!
¿QUÉ HACEMOS? ¿QUÉ DEMONIOS HACEMOS? TENEMOS QUE... ¿QUÉ DEMONIOS HACEMOS?
ESTÁ RESPIRANDO PERO ESTÁ INCONSCIENTE... HA PERDIDO MUCHA SANGRE. TENEMOS QUE HACER ALGO PARA DETENER LA HEMORRAGIA.
¡DEBE HABER ALGO QUE PODAMOS HACER!
SÍ, TENEMOS QUE DETENER LA HEMORRAGIA. HAY UN BOTIQUÍN DE PRIMEROS AUXILIOS EN EL CAMPER. TENEMOS QUE LLEVARLO DE REGRESO AL CAMPER.

YO... EN LA GRANJA EN LA QUE VIVO... EL TIPO QUE ES DUEÑO DEL LUGAR TIENE UN HIJO QUE RECIBIÓ UN DISPARO EN EL PIE.
LE SACÓ LA BALA, LO CURÓ MUY BIEN. TRABAJA CON ANIMALES EN TODA LA GRANJA.

¿CREES QUE PODRÍA AYUDAR A MI HIJO?

NO ES UN DOCTOR, PERO CREO QUE SABRÁ QUÉ HACER.
EL LUGAR NO ESTÁ NI A UN KILÓMETRO... LLEGARÍAMOS AHÍ MUY RÁPIDO.

¿A MENOS DE UN KILÓMETRO? PUEDO... PUEDO LOGRARLO. TYREESE... PREPÁRATE PARA AYUDARME A ENROLLARLO EN MI CHAMARRA.

OKEY, DESPACIO.

VOY A IR A ESA GRANJA. TÚ REGRESA AL CAMPER Y DILE A TODOS LO QUE SUCEDIÓ. SI ESTÁ A MENOS DE UN KILÓMETRO DE AQUÍ, TÚ Y LOS DEMÁS DEBERÁN ENCONTRARLA MUY FÁCILMENTE.
¿ES MUY FÁCIL DE ENCONTRAR?
PUEDEN VERLA DESDE EL CAMINO... SI ESTÁN ESTACIONADOS AHÍ CERQUITA DEBE ESTAR, EN LA SESENTA Y CUATRO. DEN LA VUELTA EN EL CAMINO Y ESTARÁ A SU IZQUIERDA. ESTÁ UN POCO MÁS ADELANTE DEL CAMINO, PERO LA ENCONTRARÁN FÁCILMENTE.

ADELANTE, VÁMONOS.
GUÍANOS, ESTARÉ JUSTO DETRÁS DE TI.
TYREESE, DILE A LORI QUE NO HAY NADA DE QUÉ PREOCUPARSE.
ESTÁ BIEN.

¡TYREESE!

OÍMOS EL DISPARO, ¿CONSIGUIERON ALGO? ¿TODO ESTÁ BIEN O...? ¿DÓNDE ESTÁN?
¡¿QUÉ SUCEDIÓ?! ¡¿DÓNDE ESTÁN?!

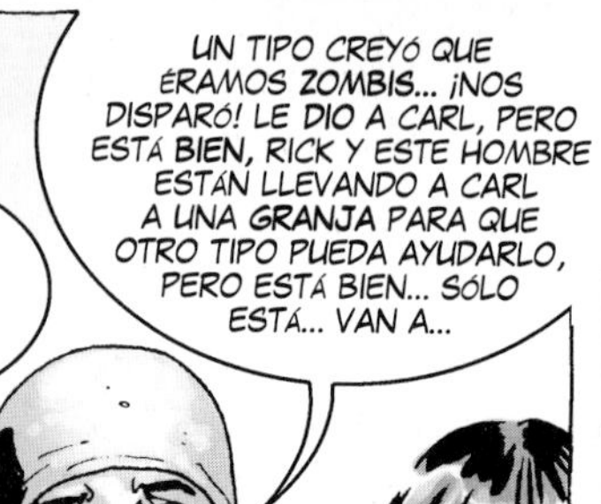

UN TIPO CREYÓ QUE ÉRAMOS ZOMBIS... ¡NOS DISPARÓ! LE DIO A CARL, PERO ESTÁ BIEN, RICK Y ESTE HOMBRE ESTÁN LLEVANDO A CARL A UNA GRANJA PARA QUE OTRO TIPO PUEDA AYUDARLO, PERO ESTÁ BIEN... SÓLO ESTÁ... VAN A...

¡¿DÓNDE?! ¡¿DÓNDE ESTÁN?!
¡¿DÓNDE?!

¡SOBRE EL CAMINO, MÁS ADELANTE! ¡SÉ CÓMO LLEGAR!
¡VAMOS!

¿DÓNDE ESTÁ TU PAPÁ?
ESTÁ EN LA CASA. ¿QUÉ ESTÁ PASANDO, OTIS?
¿QUIÉN ES ÉSE?
NO HAY TIEMPO, NO AHORA.

¿QUÉ SUCEDIÓ? ¿QUIÉN ES ÉSE? ¿QUÉ ESTÁ PASANDO?

EL NIÑO RECIBIÓ UN BALAZO. NECESITAMOS QUE LO REVISES.

¡LLEVÉMOSLO ADENTRO! ¿DÓNDE LE DIERON? ¿QUÉ TAN MAL ESTÁ?

AYÚDAME A QUITARLE LA CAMISA, OTIS. DEBO SACARLE ESA BALA.
PON ESO EN EL FUEGO PARA ESTERILIZARLO. Y PÁSAME ESA BOTELLA DE ALCOHOL.
BUENO... CREO QUE YA LOGRÉ SUJETARLA... DETEN AL CHICO.
¡RICK!
¿DÓNDE ESTÁ? ¿DÓNDE ESTÁ CARL? ¡¿ESTÁ BIEN?!

UNA PERSONA ESTÁ TRABAJANDO EN ÉL. PARECE SABER LO QUE HACE.
CREO QUE AL MENOS HA DETENIDO LA HEMORRAGIA.

AY, RICK... ¿QUÉ VAMOS A HACER?

NO LO SÉ, LORI. EN REALIDAD NO LO SÉ.

HE TERMINADO DE CURARLO. LE SAQUÉ LA BALA Y DETUVE LA HEMORRAGIA. TUVO MUCHA SUERTE. LA BALA SE ALOJÓ EN EL OMÓPLATO... DEBE HABER ENTRADO EXACTAMENTE EN EL ÁNGULO ADECUADO.
SI LA BALA HUBIERA ARREMETIDO CON MÁS FUERZA, PODRÍA HABER ENTRADO DIRECTAMENTE AL PULMÓN... SI ESO HUBIERA PASADO... NO HABRÍA PODIDO HACER MUCHO PARA AYUDARLO.
SIGUE INCONSCIENTE... PERO CREO QUE ESTARÁ BIEN. LO ÚNICO QUE PODEMOS HACER POR AHORA ES ESPERAR Y OBSERVAR.

GRACIAS, SEÑOR, EN VERDAD LE...
ME LLAMO HERSHEL GREENE. AÚN NO ME LO AGRADEZCA. SERÍA MEJOR QUE DEDIQUE SU TIEMPO A REZAR POR EL NIÑO.
NO ME HAN RESPONDIDO A NINGUNA PLEGARIA EN UN PAR DE MESES... ASÍ QUE CREO QUE NOS ESPERA ALGO BUENO.

SOY HERSHEL. ÉSTA ES MI GRANJA. SON BIENVENIDOS A QUEDARSE MIENTRAS EL NIÑO MEJORA. HEMOS COSECHADO BASTANTE COMIDA... PORQUE, PUES, LOS MERCADOS CERRARON... Y TENEMOS BASTANTE ESPACIO. ASÍ QUE TODOS SON BIENVENIDOS A QUEDARSE POR AHORA.
AHORA, DÉJENME PRESENTARLES A LA GENTE QUE VIVE AQUÍ.
ÉSTA ES LACEY, MI HIJA MAYOR.
EL QUE PARECE QUE SIEMPRE ESTÁ MOLESTO ES MI HIJO ARNOLD.
MI HIJA MAGGIE ES LA QUE ESTÁ SUJETANDO ESA SILLA.
MI HIJO MENOR, BILLY.
RACHEL Y SUSIE COMPLETAN EL GRUPO. SUSIE ES LA DE LAS COLITAS.

ÉSTE ES OTIS Y SU NOVIA PATRICIA. VIVEN MÁS ADELANTE EN EL CAMINO. NUESTRA CASA ES MÁS SEGURA QUE LA SUYA, ASÍ QUE ESTÁN QUEDÁNDOSE CON NOSOTROS HASTA QUE TODO ESTO TERMINE.
YA SOMOS TODOS, ADEMÁS DE ALGUNOS ANIMALES QUE ANDAN POR AHÍ AFUERA.
LACEY, ¿PODRÍAS LLEVARLOS AFUERA Y MOSTRARLES LA GRANJA... PARA QUE SE FAMILIARICEN CON EL LUGAR? QUIERO REVISAR AL NIÑO Y ASEGURARME DE QUE TODO ESTÉ BIEN.
CLARO. COMO QUIERAS.

ÉSTE ES NUESTRO PATIO... SI ME SIGUEN HACIA LA PARTE TRASERA LES MOSTRARÉ NUESTRO PATIO TRASERO.
YO... EH... BILLY, BEN Y YO NOS QUEDAREMOS AQUÍ.
ES QUE NO TENGO GANAS.

PERO ELLOS PUEDEN VENIR. YO LOS CUIDARÉ, ALLEN. ESTOY SEGURA DE QUE QUERRÁN VER LAS VACAS.
ESTÁ BIEN. VAYAN CON ANDREA, NIÑOS.
¡SÍII! ¡QUIERO VER LAS VACAS!

SE VE TAN TRANQUILO... TAN BIEN. ESPERO QUE ESTÉ TENIENDO SUEÑOS MARAVILLOSOS Y DISFRUTANDO SU DESCANSO DE TODA LA LOCURA QUE ESTÁ SUCEDIENDO AQUÍ.
SI TAN SÓLO PUDIERA DORMIR HASTA QUE TODO ESTO TERMINARA.

¡POR DIOS, RICK! ¡NO QUEREMOS QUE CAIGA EN COMA!
¡QUÉ COSA MÁS TERRIBLE HAS DICHO!

ESO NO FUE LO QUE QUISE DECIR... YO... ¡MALDICIÓN! SÓLO DESEARÍA QUE NO TUVIERA QUE PASAR POR TODA ESTA MIERDA CON NOSOTROS.
¿ACASO ESO ES TAN MALO?
ESTOY... OH, DIOS, LORI... ESTOY TAN PREOCUPADO POR ÉL.

TE AMO, LORI. NO SÉ SI LO DIGO LO SUFICIENTE CON TODO LO QUE ESTÁ PASANDO. DE VERDAD TE AMO. SIEMPRE TE HE AMADO.
NO SÉ CÓMO SOBREVIVIRÍA A TODO ESTO SIN TI.

TAMBIÉN TE AMO.
TE AMO TANTO.

¿OTIS, VERDAD?
SÍ.
NO SÉ SI LO OÍSTE ANTES, SOY TYREESE.
¿TE ENCUENTRAS BIEN?

YO NO LASTIMARÍA NI A UNA MOSCA... DIGO... ESTABA ALLÁ CAZANDO, PERO NO MATARÍA A UN ANIMAL QUE NO FUERA A COMERME. SOY MUY AMABLE, NO SOY NADA VIOLENTO.
Y LE... LE DISPARÉ A ESE NIÑO. ENTIENDO POR QUÉ EL TAL RICK QUERÍA MATARME. SI HUBIERA MATADO A SU HIJO... YO HUBIERA QUERIDO QUE LO HICIERA... LO HABRÍA MERECIDO.
TODAVÍA NO SABEMOS SI VA A VIVIR.

NO ESTOY DICIENDO QUE LO QUE HICISTE ESTUVO BIEN, PERO NO PUEDES MORIRTE DE PREOCUPACIÓN POR ESO. LO HECHO, HECHO ESTÁ. ESTOY MUY PREOCUPADO POR CARL, PERO NO HAY NADA QUE TÚ O YO PODAMOS HACER AHORA.
PERDIÓ LA CABEZA.
RICK HA ESTADO BAJO MUCHA PRESIÓN. TODOS. APENAS LOGRAMOS ESCAPAR DE UN VECINDARIO QUE ESTABA INFESTADO DE ESOS ZOMBIS. NUESTRO AMIGO PERDIÓ AHÍ A SU ESPOSA. LUEGO, NI UNA SEMANA DESPUÉS, LE DISPARAN A SU HIJO.
¿VECINDARIO? DEBE HABER SIDO LA ZONA RESIDENCIAL WILSHIRE. PATRICIA Y YO ESTÁBAMOS AHÍ CUANDO TODO ESTO EMPEZÓ. TODOS LOS DE ESTA ÁREA QUE NO PUDIERON LLEGAR A ATLANTA DECIDIERON OCULTARSE AHÍ.
FUE UN DESASTRE... NO TENÍAMOS PROTECCIÓN... UNA VEZ QUE ESAS COSAS ENTRARON NO TUVIMOS MANERA DE DETENERLAS. PATRICIA Y YO APENAS SALIMOS VIVOS DE AHÍ.
NO TENÍAMOS A LA GUARDIA NACIONAL PROTEGIÉNDONOS COMO PROTEGEN A ATLANTA.
DE HECHO, POR LO QUE TODO EL MUNDO ESTÁ DICIENDO... ATLANTA ESTÁ MUCHO PEOR.
¿EN SERIO? PATRICIA Y YO ÍBAMOS A TRATAR DE LLEGAR AHÍ CUANDO LLEGARA EL VERANO... CREÍAMOS QUE SERÍA MÁS SEGURO.
DIABLOS.

FWOP!

OIGAN, NIÑOS. VAYAN A JUGAR CON SU TÍA CAROL Y SOPHIA. SU PAPI Y YO TENEMOS QUE HABLAR.
¡SÍP!

ALLEN, TENEMOS QUE HABLAR.

¿EH? ¿QUÉ QUIERES?

QUIERO QUE PIENSES EN TUS HIJOS. TIENES QUE SER FUERTE POR ELLOS. SÉ QUE ESTÁS ALTERADO Y TIENES TODO EL DERECHO A ESTARLO, PERO ESOS NIÑOS TE NECESITAN.
NO PUEDES DESCONECTARTE DE ESTA MANERA.

¿QUÉ? ¿QUÉ DEMONIOS TRATAS DE DECIRME? ¿QUE LO SUPERE? ¿QUE DEJE DE ESTAR TRISTE? ¿QUIERES AGREGARLE QUE "DEJE DE SER UN MARIQUITA" TAMBIÉN Y ECHAR TODA LA CARNE AL ASADOR?
ACABO DE PERDER A MI PINCHE ESPOSA. ¡¿QUIÉN DEMONIOS TE CREES PARA DECIRME ALGO SOBRE CÓMO LLEVAR MI LUTO?!
¡VETE AL DIABLO!

¿QUÉ? ¡¿NO SÉ LO QUE ES PERDER A ALGUIEN?! ¡ACABO DE PERDER A MI HERMANA! CREO QUE SÉ UN POCO SOBRE LLEVAR EL LUTO. ¡SÉ EXACTAMENTE POR LO QUE ESTÁS PASANDO! ME DESCONECTÉ CUANDO PERDÍ A AMY. NO HABLÉ DURANTE DÍAS... NO PODÍA PENSAR... CASI PIERDO LA CABEZA.
TÚ NO PUEDES DARTE ESE LUJO. ¡BEN Y BILLY NECESITAN A SU PADRE AHORA MISMO! SÓLO ESTABA TRATANDO DE AYUDARTE IMBÉCIL.
¡MI ESPOSA ACABA DE MORIR!
¡Y MI HERMANA MURIÓ Y SHANE MURIÓ Y JIM MURIÓ! ¡PROBABLEMENTE MIS PADRES ESTÉN MUERTOS! ¡PROBABLEMENTE TODO EL QUE HAYA CONOCIDO ESTÉ MUERTO!
MIS AMIGOS, MI FAMILIA, MIS VECINOS, MIS COMPAÑEROS DE TRABAJO... TODO EL MUNDO.
TODOS EN ESTE GRUPO ESTÁN LIDIANDO CON ESO... LA MUERTE NOS RODEA. HA TOMADO LA RIENDA DE NUESTRAS VIDAS. ¡Y NO HAY UNA SOLA MALDITA COSA QUE PODAMOS HACER AL RESPECTO!
LO ENFRENTAMOS O NO, Y EN ESTE INSTANTE TUS HIJOS NECESITAN QUE LO ENFRENTES... Y QUE LO SUPERES.
¡TE NECESITAN! ¡PIENSA EN ELLOS!

¡LO ÚNICO QUE PUEDO HACER ES PENSAR EN ELLOS! ¡ES LO ÚNICO QUE HE HECHO EN DÍAS! PIENSO EN ELLOS CRECIENDO SIN SU MADRE... PIENSO EN ELLOS CRECIENDO... OLVIDÁNDOSE DE ELLA... NI SIQUIERA RECORDANDO SU ROSTRO.
MALDITA PERRA. NO VENGAS AQUÍ A TRATAR DE DARME CONSEJOS. NO SABES NI MADRES. NO ESTÁS AYUDANDO EN NADA.
¡ESTOY PENSANDO EN ESO Y ESTÁ DESTROZÁNDOME!
¡DÉJAME EN PAZ, CON UN DEMONIO!

SU HIJO ESTÁ DESPIERTO.

¡OH, GRACIAS A DIOS!

¿DÓNDE ESTÁ MI SOMBRERO?
OH, HIJO. ME DA GUSTO QUE HAYAS DESPERTADO.

¿CÓMO TE SIENTES, CARL? ¿TODAVÍA TE DUELE?
ME DUELE EL HOMBRO... MUCHO.
NO TE PREOCUPES, HIJO. VAS A ESTAR BIEN.

¡SERÁ MEJOR QUE NADIE HAYA TOMADO MI SOMBRERO!

NO TE PREOCUPES, CHIQUILLO. ESTABA CUIDÁNDOTELO.
NO HAY DE QUÉ. TAN SÓLO ME DA GUSTO VER QUE ESTÁS BIEN.
GRACIAS, TYREESE.

DEBO DECIR ALGO, RICK. OTIS SE SIENTE REALMENTE MAL POR TODO ESTO. SI PUDIERAS TAN SÓLO... DIGO, PARECE SER UNA PERSONA MUY BUENA...

¿QUÉ SE SUPONE QUE DEBA DECIR? "ESTÁ BIEN QUE LE HAYAS DISPARADO A MI HIJO". NO ESTÁ BIEN... NO PUEDO SIMPLEMENTE OLVIDARLO. LO QUE HIZO FUE ALGO MUY IRRESPONSABLE.
SI ES ASÍ DE DESCUIDADO, NO DEBERÍA ESTAR RONDANDO POR EL BOSQUE CON UN ARMA PARA EMPEZAR.
ES QUE NO VEO QUÉ TIENE DE MALO QUE...

¿ALGUIEN ME DISPARÓ?
¿QUIÉN ME DISPARÓ?

OH, HIJO... LO SIENTO. EN EL BOSQUE, UN HOMBRE LLAMADO OTIS, ACCIDENTALMENTE TE DISPARÓ.
PERO NO TE PREOCUPES, CARIÑO. TODA VA A ESTAR BIEN AHORA. VAS A ESTAR BIEN.

OTIS ME AYUDÓ A TRAERTE AQUÍ Y SU AMIGO HERSHEL TE CURÓ. VAMOS A QUEDARNOS AQUÍ MIENTRAS TÚ DESCANSAS... TIENES QUE CONOCER A MUCHA GENTE NUEVA, HIJO.
GENIAL. ME GUSTA CONOCER GENTE NUEVA.

¿LES MOLESTARÍA UN POCO DE COMPAÑÍA? SOPHIA QUIERE VER A CARL.

PASEN. LORI Y YO ESTÁBAMOS A PUNTO DE IR POR ALGO DE COMER. ESTOY SEGURO QUE LE ENCANTARÁ LA COMPAÑÍA.

PÓRTATE BIEN, CARL. DESCANSA UN POCO DESPUÉS DE QUE SOPHIA Y CAROL SE VAYAN.

MÍRALOS...
SE VEN TAN LINDOS JUNTOS.

DEJÉMOSLOS PARA QUE HABLEN.
¿TE DOLIÓ?
NO SÉ... NO LO RECUERDO. CREO QUE SÍ. ¡APUESTO A QUE ME DEJARÁ UNA GRAN CICATRIZ!
GENIAL. LAS CICATRICES SON SEXYS.
¡TÚ TAMPOCO!
¿SEXYS? NI SIQUIERA SABES LO QUE SIGNIFICA ESO.
¿Y? YO NO FUI EL QUE TRATÓ DE USAR ESA PALABRA.

CREO QUE... ES LA PALABRA QUE USAN LOS ADULTOS PARA DECIR BONITA.
BUENO... LAS CICATRICES NO SON BONITAS.
ME DA GUSTO QUE ESTÉS BIEN.

¡SMECK!

¡IUUUU! ¡GUÁCALA!

¿LORI?
¿EN QUÉ PUEDO AYUDARTE, DALE?

VOY A HABLAR Y TÚ VAS A ESCUCHAR. SOY UN HOMBRE MAYOR... DEMASIADO PARA DISCUSIONES. ASÍ QUE QUIERO QUE SEPAS QUE DE VERDAD NO QUIERO QUE ESTO SE VUELVA UNA. VOY A DECIR LO QUE QUIERO DECIR Y LUEGO SE ACABÓ.

RICK ES LA COLUMNA VERTEBRAL DE ESTE GRUPO. ES LO ÚNICO ESTABLE QUE TENEMOS TODOS. ÉL LO SABE. ES POR ESO QUE CUANDO ESTÁ ASUSTADO, UNO SE DA CUENTA... UNO SABE QUE ESTÁ ASUSTADO, PERO ÉL NO LO DEMUESTRA. NECESITAMOS ESO. LO NECESITAMOS A ÉL.

NO SÉ QUÉ HICISTE CON SHANE. NO SÉ QUÉ HICISTE PARA DARLE IDEAS E INFLUENCIARLO, PERO SI EL BEBÉ ES SUYO... Y NO DE RICK, TE LO SUPLICO... LLÉVATELO A LA TUMBA.
LO MATARÍA. SERÁ LA ÚLTIMA COSA NECESARIA PARA HACERLO ENLOQUECER. Y NO NECESITAMOS ESO.
NO ESTOY ACUSÁNDOTE DE NADA, ASÍ QUE NO TRATES DE DEFENDERTE. SÓLO QUERÍA DAR MI OPINIÓN Y TE AGRADEZCO QUE ME HAYAS DADO TU TIEMPO.

CREO QUE YA ACABARON DE HACER LA CENA. VAMOS A COMER.

ESTOY IMPRESIONADO, HERSHEL. DEBO ADMITIRLO... SÍ QUE ESTÁN MUY BIEN INSTALADOS AQUÍ.
VOY A LLEVARLE UN PLATO A CARL ANTES DE QUE SE TERMINE LA COMIDA.
CREO SABER CÓMO TE SENTISTE CUANDO NOS ENCONTRASTE CON TODA NUESTRA MERCANCÍA ENLATADA, TYREESE.

DEBO DECIR, AMIGO... ESTE SEÑOR ME TIENE UN POQUITO MÁS IMPRESIONADO. A ESTE PASO, CREO QUE LA SIGUIENTE PERSONA QUE ME ENCUENTRE VA A TENER UN RESTAURANTE DE CUATRO ESTRELLAS INSTALADO EN SU MANSIÓN.

¿GLENN, VERDAD? Y, ESTE... ¿POR QUÉ TE LE QUEDAS MIRANDO TODO EL TIEMPO A LA NOVIA DEL SEÑOR DE COLOR?
NO LE QUITASTE LOS OJOS DE ENCIMA A ELLA DURANTE LA CENA.
¿EH?
TE VI OBSERVÁNDOLA... ¿QUÉ PASA?
ANTES DE QUE LLEGARA TYREESE... CREO QUE ME HABÍA FIJADO EN CAROL... ES UN POCO MAYOR QUE YO... PERO ME GUSTABA.
CREO QUE ESTOY UN POQUITO MOLESTO PORQUE NUNCA LE DIJE ALGO.
SÍ, CREO QUE ES BONITA.

NI SIQUIERA ES ESO... O SEA... SÍ ES BONITA, PERO... NO LO SÉ. TODOS A MI ALREDEDOR ESTÁN ENCONTRANDO PAREJA. NO HAY TANTAS MUJERES PARA ESCOGER.
ADEMÁS DE TODO LO QUE ESTÁ PASANDO A MI ALREDEDOR... ES SÓLO QUE NO QUIERO TERMINAR SOLO TAMBIÉN. ME REFIERO A QUE... QUIERO TENER SEXO AL MENOS UN PAR DE VECES MÁS ANTES DE MORIR.
DIOS. NI SIQUIERA TE CONOZCO. DISCULPA. NO ES MI INTENCIÓN CONFESARME DE ESTA MANERA.
QUIERO HACERLO CONTIGO.
ESO ES LO QUE BUSCAS, YO LO HARÉ CONTIGO.
¿QUE?

MI NOVIO SE FUE... TAL VEZ ESTÉ MUERTO. A DECIR VERDAD, ERA MÁS BIEN UN IMBÉCIL DE TODOS MODOS. ERES EL PRIMER TIPO QUE HE VISTO EN MESES QUE NO ES DE LA FAMILIA O ESE IDIOTA DE OTIS. ES COMO DIJISTE... NO TENEMOS MUCHO DE DÓNDE ESCOGER.
TENEMOS QUE SER PROACTIVOS... O VAMOS A ACABAR SOLOS.
ESO SÍ QUE TIENE SENTIDO.
ASÍ QUE ENTONCES, HAGÁMOSLO. ¿QUIERES HACERLO?
SÍ. CLARO.

BUENO, CHICOS. TENEMOS QUE HABLAR.
¡PAPÁAA!

NADA DE "PAPÁ", JOVENCITA. ESTO SÍ QUE NO LO DEJARÉ PASAR SIN ATENDERLO. SIMPLEMENTE NO TENGO EL TIEMPO PARA TOLERARLO.
NO QUIERO TENER QUE PREOCUPARME POR QUE USTEDES DOS ESTÉN JUGUETEANDO TODO EL TIEMPO. NO QUIERO TENER QUE ESTAR VIGILÁNDOLOS A LOS DOS ADEMÁS DE TODA LA OTRA PORQUERÍA QUE DEBO HACER.
¿QUIERES EMBARAZARTE? ¿NO TE DAS CUENTA DE LO PELIGROSO QUE ESO SERÍA? NO SÉ CÓMO RICK Y LORI ESTÉN LIDIANDO CON ESO COMO HAN HECHO HASTA AHORA.
ESTO NO ES UN JUEGO. SÉ QUE USTEDES DOS CREEN ESTAR ENAMORADOS, PERO SON JÓVENES... PIENSEN EN LO QUE ESTÁN HACIENDO.

AAAH
SÓLO CONTROLEN ESAS MANOS.

¿VES? TE DIJE QUE TENÍAMOS QUE SEGUIR Y HACERLO. QUIERO ESTAR JUNTO A TI POR EL RESTO DE LA ETERNIDAD. NO QUIERO QUE TU PADRE SEA UN OBSTÁCULO EN NUESTROS PLANES.
YA SÉ... ES QUE NO QUIERO HACERLO HASTA QUE LLEGUE EL MOMENTO CORRECTO. TENEMOS QUE ESPERAR.
ESTÁ BIEN, JULIE. LO HAREMOS A TU MANERA... PERO NO QUIERO ESPERAR POR SIEMPRE.

MI PAPÁ ERA DUEÑO DE ESTE LUGAR. CRECÍ EN ESTA GRANJA. PERO NUNCA ME GUSTÓ. QUERÍA SER VETERINARIO... ASÍ QUE ESO HICE. MI VOCACIÓN ERA TRABAJAR CON ANIMALES GRANDES Y PEQUEÑOS... Y LO HICE DURANTE AÑOS.
TRAS LA MUERTE DE MI ESPOSA MI PROFESIÓN SE VINO ABAJO... ELLA SIEMPRE MANTUVO EN PIE LA PARTE DE LOS NEGOCIOS... LO ÚNICO QUE YO HACÍA ERA TRABAJAR CON LOS ANIMALES.

NO PODÍA HACER MUCHO SIN ELLA.

LAMENTO OÍR ESO. ¿HACE CUÁNTO SUCEDIÓ?

FALLECIÓ HACE CASI SEIS AÑOS. EL ÚLTIMO DESEO DE MI PADRE AL MORIR FUE QUE REGRESARA Y TRABAJARA EN LA GRANJA.
Y SÓLO PARECIÓ QUE ERA LO CORRECTO.

HE ESTADO HACIÉNDOLO POR CINCO AÑOS YA. ES UN TRABAJO HONESTO, PUEDO VER PORQUÉ A MI PADRE LE ENCANTABA TANTO. NO HAY NADA COMO VIVIR DE LA TIERRA... CUBRIENDO UNO MISMO SUS NECESIDADES... SABIENDO EXACTAMENTE DE DÓNDE VIENE CADA ALIMENTO QUE TE COMES.
VERDADERAMENTE HA RESULTADO ÚTIL, EN VISTA DE LOS SUCESOS ACTUALES.
DÉLO POR SEGURO. PARECE QUE ESTÁ INSTALADO AQUÍ DE MANERA MUY ESTABLE.

PUEDES DISFRUTARLO MIENTRAS CARL SANA. YO RECOMIENDO QUEDARSE AQUÍ ESE TIEMPO. NO SERÍA BUENO PARA ÉL QUE SALIERA A LA INTEMPERIE OTRA VEZ... AL MENOS NO DE INMEDIATO.
NO TENEMOS MUCHO ESPACIO EN LA CASA, TENDRÍAN QUE DORMIR AÚN EN SU CAMPER, PERO TENEMOS BASTANTE COMIDA Y DURANTE EL DÍA NO TENDRÁN QUE PREOCUPARSE POR ESTAR A SALVO.

¿QUÉ HAY DE SU GRANERO? ¿CREE QUE PODRÍAMOS MUDARNOS A ESE LUGAR? LA MAYORÍA YA ESTAMOS HARTOS DE AMONTONARNOS EN ESE CAMPER.

¿EL GRANERO? NO QUERRÁS ENTRAR AHÍ, CRÉEME.
AHÍ ES DONDE GUARDAMOS A TODOS NUESTROS MUERTOS.

¡¿MUERTOS?! ¿QUÉ QUIERE DECIR CON "MUERTOS"?

YA SABES... LOS MUERTOS... TODA ESA GENTE QUE ANDA CAMINANDO POR AHÍ CUANDO YA NO DEBERÍA. LOS QUE ESTÁN CAUSANDO TODOS ESTOS PROBLEMAS.

¿Y ESTÁ GUARDANDO A ESAS... COSAS EN SU GRANERO... EN SU PROPIEDAD... JUSTO AL LADO DE DONDE DUERMES?

SÍ, ESTAMOS GUARDÁNDOLOS EN EL GRANERO HASTA QUE DESCUBRAMOS UNA FORMA DE AYUDARLOS. ¿QUÉ HAS ESTADO HACIENDO TÚ CON ELLOS?

¿QUÉ CREE QUE HEMOS ESTADO HACIENDO CON ELLOS? USTED MISMO DIJO QUE DEBERÍAN ESTAR MUERTOS. DARLES UN BALAZO EN LA CABEZA SE ENCARGA DE ESO.
HEMOS ESTADO MATÁNDOLOS.

¡¿MATÁNDOLOS?! ¡¿SIMPLEMENTE HAN ESTADO MATÁNDOLOS?!

¡ESTAMOS EVITÁNDOLES MÁS SUFRIMIENTO Y EVITANDO QUE NOS MATEN! ESAS COSAS NO SON HUMANAS. SON MONSTRUOS NO MUERTOS.
¡ESTÁN TRATANDO DE COMERNOS, POR EL AMOR DE DIOS!

¡NO SABES EL PORQUÉ! NI SIQUIERA SABES CUÁL ES SU PROBLEMA. NADIE LO SABE. NO SABEMOS NI UNA MALDITA COSA SOBRE QUÉ SUCEDIÓ O QUÉ ESTÁ PASANDO.

SÉ QUE ESAS COSAS ESTÁN TRATANDO DE MATARNOS... ¡Y QUE MIENTRAS MENOS DE ELLOS EXISTAN EN EL MUNDO, MÁS SEGUROS ESTAREMOS! ¡Y SÉ QUE NO ES NADA PRUDENTE TENER UN MONTÓN DE ELLOS GUARDADOS A NO MÁS DE DIEZ METROS DE SU PROPIA MALDITA CASA!

DEBERÍAMOS ENTRAR AHORA MISMO A ESE GRANERO Y METERLES UN BALAZO EN LA CABEZA A CADA UNO DE ESOS MALDITOS. ¡NO ES NADA SEGURO QUE ESTÉN AQUÍ! ¡TENEMOS QUE MATARLOS ANTES DE QUE NOS MATEN!

¡MI HIJO ESTÁ AHÍ DENTRO, MALDITA SEA!

¿SU HIJO?

MORDIERON A SHAWN. FUE ANTES DE QUE LEVANTÁRAMOS LA BARRERA ALREDEDOR DE LA CASA. NO... NO PUDE AYUDARLO, MURIÓ DESPUÉS DE UN PAR DE DÍAS... Y SE CONVIRTIÓ EN UNO DE ELLOS.
NO SABÍA QUÉ MÁS HACER. ASÍ QUE PUSE A SHAWN EN EL GRANERO. INTENTÓ ATACARNOS... MA... MATARNOS. PERO YO NO PUDE MATARLO... NO PUDE ENCONTRAR LA FUERZA PARA HACERLO. CUANDO ENCONTRAMOS A OTROS... SOLAMENTE... TAMBIÉN LOS GUARDAMOS.

HERSHEL, DE... DE VERDAD LO SIENTO. DE VERAS. NO PUEDO IMAGINAR LO QUE HA ESTADO SUFRIENDO. SI HUBIERA PERDIDO A CARL... NO SÉ... NO SÉ QUÉ HABRÍA HECHO.

CREO QUE NO PODRÍA VIVIR SIN MI HIJO... PERO TIENE QUE HACERME CASO, HERSHEL. ESA COSA EN EL GRANERO... NO ES SU HIJO.

¡QUITAME LA MALDITA MANO DE ENCIMA!
THAP!

¡¿NO ES MI HIJO?! ¿QUÉ TE CONVIERTE EN TODO UN MALDITO EXPERTO?! ¡NO SÉ TÚ, PERO LOS ZOMBIS DE POR AQUÍ NO VENÍAN CON UN PINCHE MANUAL O INSTRUCTIVO!
NO SABEMOS NI UNA MALDITA COSA SOBRE ELLOS. NO SABEMOS QUÉ ESTÁN PENSANDO... QUÉ ESTÁN SINTIENDO. ¡NO SABEMOS SI ES UNA ENFERMEDAD O EFECTOS SECUNDARIOS DE UNA ESPECIE DE GUERRA QUÍMICA! ¡NO SABEMOS NI MADRES!
¡PARA LO QUE SABEMOS, ESTAS COSAS PODRÍAN DESPERTARSE MAÑANA, SANAR Y SER COMPLETAMENTE NORMALES DE NUEVO!
¡SIMPLEMENTE NO SABEMOS! PODRÍAS HABER ESTADO ASESINANDO A TODA ESA GENTE A LA QUE LE "EVITASTE MÁS SUFRIMIENTO".

ESTÁN MUERTOS. ANTES DE QUE SE LEVANTEN DE NUEVO... ANTES DE QUE TRATEN DE COMERSELO... SE MUEREN. DIJO QUE VIO MORIR A SU HIJO. ESTÁ MUERTO. ESAS COSAS SON CADÁVERES PUTREFACTOS A LOS QUE LES FALTAN PEDAZOS... NO SON GENTE ENFERMA.... ESTÁN MUERTOS.

RICK, ESCUCHA. ESTAS COSAS PODRÍAN ESTAR EN LAS PRIMERAS ETAPAS DE RECUPERACIÓN. PODRÍAN ESTAR SANANDO... Y ES POR ESO QUE LAS COSAS NO ESTÁN MARCHANDO BIEN. TODO ESTO ES TOTALMENTE DESCONOCIDO PARA NOSOTROS. NO TENEMOS NI IDEA DE CÓMO MANEJAR ESTO.
NO QUIERO TENER SANGRE EN LAS MANOS SI DESCUBRIMOS QUE ESTA GENTE ESTÁ VIVA.

NO. ¡ESTÁN MUERTA! HE VISTO A ESAS COSAS CON LAS MALDITAS TRIPAS COLGÁNDOLES DE FUERA. LO QUE DICE NO TIENE MALDITO SENTIDO ALGUNO.

¡RICK! SOMOS HUÉSPEDES AQUÍ, AMIGO. NOSOTROS NO HACEMOS LAS REGLAS.
TAN SÓLO DE-SISTE.

TIENES RAZÓN, TYREESE. PERDÓN.
¿CUÁNTOS TIENE AHÍ DENTRO?

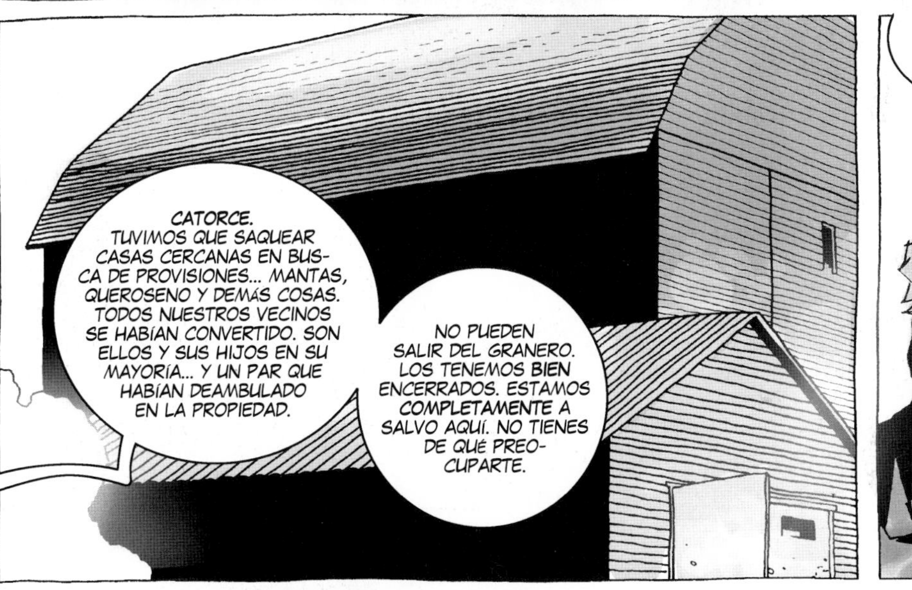
CATORCE. TUVIMOS QUE SAQUEAR CASAS CERCANAS EN BUS-CA DE PROVISIONES... MANTAS, QUEROSENO Y DEMÁS COSAS. TODOS NUESTROS VECINOS SE HABÍAN CONVERTIDO. SON ELLOS Y SUS HIJOS EN SU MAYORÍA... Y UN PAR QUE HABÍAN DEAMBULADO EN LA PROPIEDAD.
NO PUEDEN SALIR DEL GRANERO. LOS TENEMOS BIEN ENCERRADOS. ESTAMOS COMPLETAMENTE A SALVO AQUÍ. NO TIENES DE QUÉ PREO-CUPARTE.

SI USTED LO DICE. EN ESE CASO, CONFIARÉ EN USTED.
ESPERO QUE TENGA RAZÓN.

...

¿ALLEN?

¿ESTÁS BIEN?

NO LO SÉ, RICK. HA PASADO TIEMPO DESDE QUE SABÍA MÁS O MENOS LO QUE "BIEN" SIGNIFICABA.

¿CUÁNTO TIEMPO PIENSAS PERMANECER AQUÍ AFUERA? HACE BASTANTE FRÍO.

ES QUE NO PUEDO DORMIR ADENTRO, ¿SABES? ME SIENTO Y PIENSO EN CÓMO LOS DOS DORMÍAMOS EN ESA ÁREA ENFRENTE DEL SOFÁ Y EN CÓMO ELLA YA NO ESTÁ AHÍ.
NO PUEDO DEJAR DE PENSAR EN ELLA.

ANOCHE... TE JURO QUE ESCUCHÉ QUE DONNA ME HABLABA. ESTABA AHÍ ACOSTADO TRATANDO DE DORMIR Y ME DECÍA UNA Y OTRA VEZ "CUIDA A MIS NIÑOS". FUE TAN CLARO COMO LA LUZ DEL DÍA... FUE COMO SI HUBIERA ESTADO SENTADA JUSTO A MI LADO.
CREO QUE ESTOY ENLOQUECIENDO.

SUPERARÁS ESTO, AMIGO. NO TE PREOCUPES.

NO LO SÉ, AMIGO... A VECES... PIENSO EN CUÁNTAS GANAS TENGO DE MORIR Y ESO...ME ASUSTA.
AMO A MIS HIJOS... SÉ QUE ME NECESITAN, PERO A VECES SÓLO PIENSO QUE SERÍA MUCHO MÁS FÁCIL, ¿SABES?
TIENES QUE RECUPERARTE, ALLEN. TIENES TODO EL DERECHO DE ESTAR TRISTE, ESO NI LO DUDES... PERO TIENES QUE ESTAR AQUÍ POR TUS HIJOS. TE NECESITAN.
NO TE...
AH, EH... HOLA, MUCHACHOS. NO PODÍA DORMIR. VOY AFUERA A TOMAR UN POCO DE... AIRE.

CON CUIDADO, GLENN. ESTÁ MUY OSCURO ESTA NOCHE.
NO TE PREOCUPES, RICK. NO ME ALEJARÉ DEMASIADO.

ENTIENDO LO QUE ESTÁS DICIENDO, RICK. PERO ES MUY DIFÍCIL. TODO ES TAN MALDITAMENTE DIFÍCIL.

LO SÉ, ALLEN... YA NADA ES FÁCIL.
NADA.

BUENOS DÍAS, HERSHEL.

AH, HOLA. BUENOS DÍAS A TI TAMBIÉN.
¿TU GRUPO DURMIÓ BIEN ANOCHE?

SÍ, TUVIERON UN POCO DE ESPACIO EXTRA EN EL CAMPER YA QUE LORI Y YO NOS QUEDAMOS CON CARL EN SU CASA ANOCHE.
DIGO, DURMIERON TANTO COMO HAN HECHO ÚLTIMAMENTE. YA NO DORMIMOS TANTO, NINGUNO DE NOSOTROS.
SÉ A QUÉ TE REFIERES. NO HE PASADO UNA BUENA NOCHE DE SUEÑO EN UN BUEN TIEMPO.
NO PUEDO IMAGINAR CÓMO LO HACÍAN USTEDES EN AQUEL CAMPAMENTO. DE POR SÍ ME SIENTO INSEGURO EN MI CASA.

OIGA... QUERÍA DISCULPARME POR LO DE ANOCHE. EN VERDAD NO ERA MI INTENCIÓN PONERME ASÍ DE AGRESIVO. HE ESTADO UN TANTO NERVIOSO DESDE QUE LE DISPARARON A CARL Y ESTUVE FUERA DE LUGAR.

COMPRENDO. TODOS ESTAMOS UN POCO NERVIOSOS, ES ALGO NATURAL, NO ME SENTÍ AGREDIDO.

AUN ASÍ, SÓLO QUERÍA HACERLE SABER QUE EN VERDAD LE AGRADEZCO TODO LO QUE HA HECHO POR CARL Y POR PERMITIRNOS QUEDARNOS AQUÍ.

NO HAY DE QUÉ. SÓLO ESTOY HACIENDO LO QUE PUEDO PARA AYUDAR A MI PRÓJIMO.
BUENO, DE TODOS MODOS... QUERÍA DARLE A USTED Y A SU FAMILIA ALGUNAS DE NUESTRAS ARMAS. SAQUEAMOS UNA TIENDA DE ARMAS CUANDO ESTUVIMOS EN ATLANTA Y CONSEGUIMOS MUCHAS DE ELLAS.
TENEMOS UNAS DE SOBRA DE LAS QUE PODEMOS DISPONER. TRES PISTOLAS Y UN RIFLE Y PENSAMOS QUE PODRÍAN UTILIZARLAS. TAMBIÉN TENEMOS BALAS, PERO NO DEMASIADAS.
PUES GRACIAS, RICK. ESPERO QUE NO TENGAMOS QUE USARLAS MUCHO, PERO ESTOY SEGURO QUE RESULTARÁN ÚTILES SI LAS NECESITAMOS.
VOY A ESTAR REALIZANDO UN POCO DE PRÁCTICA DE TIRO CON ALGUNOS DE LOS NUESTROS... EN SU MAYORÍA LOS NIÑOS, Y SI QUIERE UNIRSE SERÁ BIENVENIDO. TAMBIÉN ESTARÉ ENSEÑANDO SEGURIDAD BÁSICA CON ARMAS. LO ÚLTIMO QUE NECESITAMOS ES GENTE SIN ENTRENAMIENTO PORTANDO ARMAS POR AHÍ, APARTE DE TODOS LOS DEMÁS PELIGROS ALLÁ AFUERA.
¿CONTAMOS CON USTED?
LACEY, ARNOLD... Y YO CREO QUE MAGGIE ESTARÍAN DISPUESTOS A IR. NO QUIERO QUE LOS DEMÁS SE INVOLUCREN. ES SÓLO QUE SON MUY JÓVENES PARA PORTAR ARMAS DE FUEGO. PARECE QUE A TU HIJO CARL LE VA BIEN CON LA SUYA, PERO MIS HIJOS NO CRECIERON RODEADOS DE ELLAS, COMO SUPONGO CRECIÓ ÉL.
ENTIENDO. REUNIRÉ A TODOS ESTA TARDE.
TAL VEZ QUIERAS PREGUNTARLE A PATRICIA, LA CHICA DE OTIS, SI QUIERE IR. SÉ QUE SE SENTIRÍA MUCHO MÁS SEGURA SI NO TUVIERA QUE DEPENDER DE OTIS PARA SU PROTECCIÓN.
CLARO.

HOLA, ALLEN.

¿NO ENTIENDES **INDIRECTAS?** NO TENGO **NADA** QUE DECIRTE. SI QUIERES PARLOTEAR Y DARLE CONSEJOS A LA GENTE SOBRE COSAS DE LAS QUE **OBVIAMENTE** NO SABES NI MADRES... VE A HACERLO A OTRA PARTE.

OYE, ESPERA UN MALDITO SE...
LO **SIENTO**, ALLEN. NO FUE MI INTENCIÓN HACERTE ENOJAR.
NO, DALE. ESTÁ **BIEN**. OLVÍDALO.

PARECIERA TODO LO **CONTRARIO**.

SOPHIA ESTÁ AHÍ DENTRO HABLANDO CON CARL DE NUEVO. LO JURO... UN PAR DE AÑOS MÁS Y VAMOS A TENER QUE VIGILAR A ESOS DOS. ESTÁN LLEVÁNDOSE DEMASIADO BIEN PARA SU EDAD.
OYE, ¿DE DÓNDE SACASTE ESO?
AH, ¿EL LIBRO? LA HIJA MAYOR DE HERSHEL, LACEY, TIENE UNA BUENA COLECCIÓN. NO ME DI CUENTA DE CUÁNTO EXTRAÑABA LEER. ES CURIOSO CÓMO EN REALIDAD NO NOS DAMOS CUENTA DE LAS COSAS QUE NOS PERDEMOS.
HABLA POR TI... YO MATARÍA POR UN JUEGO DE LOS VIKINGOS Y HE ESTADO PENSANDO EN ESO SIN PARAR POR SEMANAS.
TE ENTIENDO. ME ENCANTARÍA SABER CÓMO LES VA A LOS RAIDERS. SI HAY UN EQUIPO QUE PODRÍA SOBREVIVIR A ESTO... SON ELLOS.
OYE... CHRIS Y JULIE VAN A PRACTICAR TIRO MÁS AL RATO CON NOSOTROS, ¿VERDAD? ¿VAN A PORTAR SUS ARMAS EN TODO MOMENTO?

NO LO SÉ, AMIGO. QUIERO QUE ESTÉN SEGUROS Y SE SIENTAN SEGUROS, PERO NO CREO QUE ESTÉN LISTOS PARA PORTAR ARMAS CON ELLOS EN TODO MOMENTO. TAL VEZ DESPUÉS DE UNAS CUANTAS SESIONES DE PRÁCTICA, YA QUE PIENSE QUE ENTIENDEN BIEN LAS COSAS... PERO NI SIQUIERA ESTOY SEGURO DE QUE ME SENTIRÉ CÓMODO CON ELLO ENTONCES.
SON ADOLESCENTES... NO SÉ QUÉ ESTÉ PASANDO POR SUS MENTES.

TE ENTIENDO CLARO Y FUERTEMENTE. ¿VES LO QUE NOS ESPERA EN EL FUTURO, CAROL?

YO NO. YA LO HE PLATICADO CON SOPHIA Y VA A SALTAR DE EDAD HASTA SUS VEINTES.

¿YA CASI ESTÁN LISTOS? MUCHACHOS, ESTOY DÁNDOLES ALGUNAS ARMAS DE BAJO CALIBRE PARA QUE SEAN UN POCO MÁS FÁCILES DE MANEJAR.
¡HAGÁMOSLO!
SÍ. ¡ESTO SERÁ DIVERTIDO!
PKOW!

ESTO NO ES UN JUEGO, JULIE. SON COSAS SERIAS. PONLE ATENCIÓN A RICK Y HAZ TODO LO QUE DIGA.

YA LO SABE, VIEJO. NO TIENE DE QUÉ PREOCUPARSE. ESTAMOS TOMANDO ESTO EN SERIO.

ES BUENO SABERLO. GRACIAS, CHRIS.

PTANG!

BUEN TIRO, AMIGO.
GRACIAS, PERO MI MAESTRO SE MERECE TODO EL CRÉDITO.

¡OIGAN, OIGAN! ¡¡DEJEN DE DISPARAR!! ¡DETÉNGANSE AHORA!

¿CUÁL ES EL PROBLEMA, HERSHEL?
¡LA CASA DE LOS THOMPSON ESTÁ JUSTO DEL OTRO LADO DE ESA LÍNEA DE ÁRBOLES!
¡SUS BALAS QUIZÁS ESTÉN ATRAVESANDO SU CASA!
¡NO PUEDEN SEGUIR DISPARANDO EN ESA DIRECCIÓN!

CIELOS, SIENTO MUCHO ESO. NO TENÍA NI IDEA. LOS THOMPSON, ¿EH? ¿ELLOS, EH...?
¿ESTÁN EN SU GRANERO?

¡ESO NO ES LO QUE IMPORTA! NO QUIERO QUE SU CASA QUEDE DESTRUIDA. NO PUEDEN SIMPLEMENTE...

ESO NO FUE LO QUE QUISE DECIR. NO...
¿QUÉ? ¿QUÉ PASA?

AH.
MALDICIÓN.

CREO QUE PUEDO DARLE DESDE AQUÍ.
¡NO!

NO PUEDO PERMITIRTE QUE LE DISPARES. SÓLO HAY UNO... SERÁ FÁCIL METERLO AL GRANERO.

DIOS.

TENGA CUIDADO. NO HACE FALTA DECIRLE QUÉ TAN PELIGROSA ES UNA MORDIDA DE UNO DE ESTOS INFELICES.
¡JUMNGG!
YA HE HECHO ESTO UNAS CUANTAS VECES ANTERIORMENTE, ¿SABES? SÓLO SON REALMENTE PELIGROSOS CUANDO HAY MÁS DE UNO.

VE POR ALLÁ Y LLAMA SU ATENCIÓN.

¡POR AQUÍ, FEO!

¡TE TENGO!
PARECE QUE TIENE SU PROPIO MÉTODO.

PAN COMIDO.
LACEY, ARNOLD... VOY A NECESITAR SU AYUDA PARA METERLO AL GRANERO.
GAB.

VAYAN ATRÁS Y DISTRAIGAN A LOS OTROS MIENTRAS METO A ÉSTE.

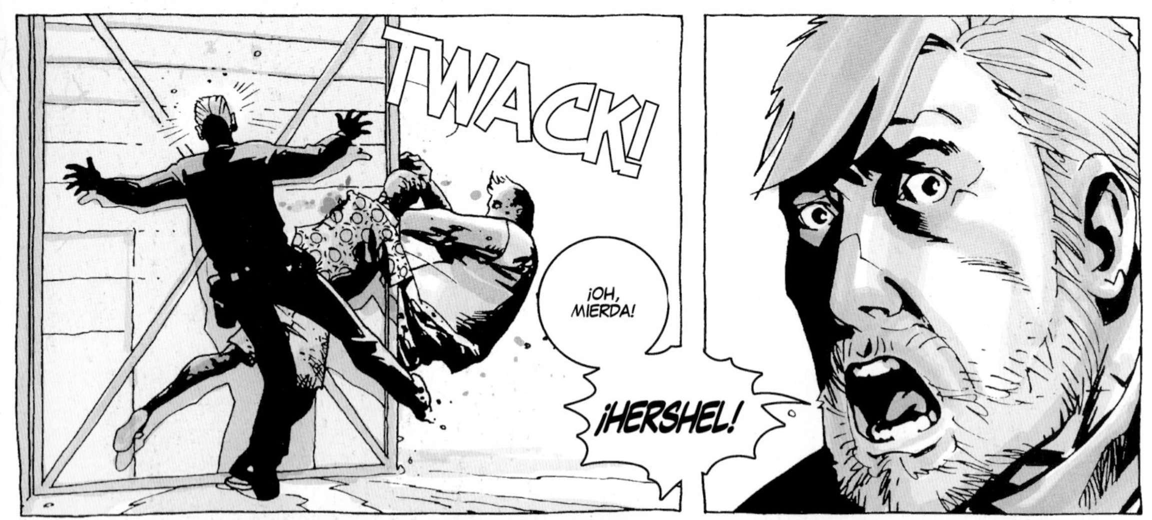
TWACK!
¡OH, MIERDA!
¡HERSHEL!

¡PAPÁ!
ACK. AGH.

¡¡YA VOY, PAPÁ!!

¡RONGH!
¡OH, DIOS! ¡OH, POR FAVOR, DIOS!

WHUMP
¡NO!

¡LORI! ¡ASEGÚRATE DE QUE TODOS LOS NIÑOS ESTÉN EN LA CASA Y MANTÉNLOS AHÍ!
¡QUÉDENSE ADENTRO!
¡CHRIS! ¡JULIE! ¡MÉTANSE A LA CASA CON LORI!
¡NO!
¡MI PADRE NO!

¡MI PADRE NO!
JONGH.

¡GRAR!
¡AAAGG!
¡ARNOLD!

¡SHAWN, NO! ¡POR FAVOR, HIJO! ¡ES TU HERMANO! ¡NO HAGAS ESTO!
¡TIENES QUE RECORDAR!
¡PAPI!

¡¡MAGGIE, DETENTE!!
BLAM!

¡¡SUÉL-TAME!!
FWOP!

BLAM!
BLAM!

¡NO!

BLAM!
¡NO!
¡¿PAPI?!

¡AGG!

TU ARMA.
¿PAPI?

¿PAPI?

BLAM!
LO LAMENTO, SHAWN.

BLAM!

BLAM!
LO LAMENTO, ARNOLD.

LO LAMENTO.
BLAM!
LO LAMENTO.
¡HERSHEL! ¡NO!
...
LO LAMENTO.

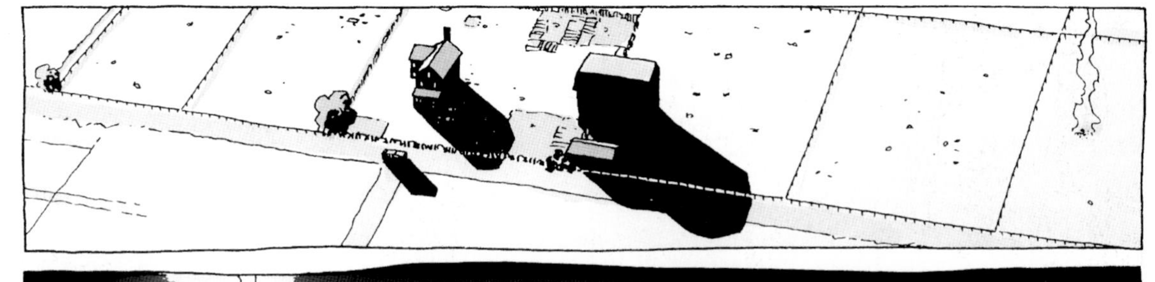

TENÍAS RAZÓN.

PAPÁ. EL SEÑOR GRIMES NUNCA RECOGIÓ NUESTRAS ARMAS TRAS LA PRÁCTICA DE TIRO. NO QUIERO QUE TE ENOJES DESPUÉS CON NOSOTROS POR TENERLAS TODAVÍA... ASÍ QUE VAMOS A DÁRTELAS.
RICK HA ESTADO MUY OCUPADO HOY, JULIE. SÓLO VOY A...

¿SABES QUÉ? QUÉ-DENSELAS. ESTARÁN MÁS SEGUROS CON ELLAS. PERO NO QUIERO VER QUE LAS SAQUEN A MENOS QUE SEA UNA EMERGENCIA, MANTÉNGANLAS EN-FUNDADAS EN TODO MOMENTO.

BUENO.

POR FIN. CREÍ QUE EL DES-GRACIADO NUNCA NOS DEJARÍA TE-NER ARMAS.
AHORA VA A SER MUCHO MÁS FÁCIL.

SÍ. LO HAREMOS TAN PRONTO LLEGUE EL MOMENTO. TE AMO, CHRIS.
TAM-BIÉN TE AMO.

BUEN DÍA, CARIÑO.
¿DORMISTE BIEN? DEBO DECIR QUE... ESTA CAMA EN VERDAD ESTÁ HACIENDO MARAVILLAS POR MÍ. INCLUSO CON NOSOTROS TRES APRETADOS EN ELLA, ESTOY DURMIENDO MEJOR DE LO QUE HE DORMIDO EN...
¿ESTÁS BIEN?

NO. NÁUSEAS MATUTINAS... HOY ESTÁN DÁNDOME CON TODO. NO...

¡ULP!

¿MAMÁ ESTÁ VOMITANDO OTRA VEZ?
SÍP.
AH.

MAGGIE, VOY A...

¡¿QUÉ DEMONIOS ESTÁS HACIENDO?!
¡AH, SEÑOR! EH... DE VERDAD QUE NO QUERÍA... SU HIJA Y YO... NOSOTROS...
¡LO LAMENTO!

¡NO, TODAVÍA NO LO LAMENTAS!

PAPI... ¡NO!
¡Y TÚ! ¿QUÉ HAS HECHO, MAGGIE? LACEY, ARNOLD Y SHAWN NO FUERON SEPULTADOS NI HACE VEINTICUATRO HORAS Y TÚ... ¿ESTÁS HACIENDO ESTO?
¡ME DAS ASCO!
¡OIGA!
GLENN Y YO ESTAMOS ENAMORADOS, PAPI. ¡QUISE DECÍRTELO ANTES PERO NO PUDE! NOS AMAMOS Y NO HAY NADA QUE PUEDAS HACER AL RESPECTO.
¡TENGO DIECINUEVE AÑOS! ¡YA TENGO EDAD PARA HACER LO QUE YO QUIERA!
DURMIÓ AQUÍ ANOCHE PORQUE YO SE LO PEDÍ. ¡ES... ES QUE... NUNCA HE DORMIDO SOLA EN ESTA HABITACIÓN ANTES!
NO PODÍA... NO CON LACEY MUERTA. NECESITABA QUE ALGUIEN ESTUVIERA AQUÍ.
...

¿DALE? ¿NO VIENES?
SÍ, EN UN MINUTO. SÓLO QUERÍA LIMPIAR UN POCO. ¿RECUERDAS CUANDO ÉSTE ERA NUESTRO HOGAR... ANTES DE QUE TODOS LOS DEMÁS EMPEZARAN A DORMIR AQUÍ? ERA MUY AGRADABLE.
NO CREO QUE ALGUNA VEZ PUEDA DESHACERME DEL OLOR QUE TIENE. CREO QUE SE HA FILTRADO EN LOS MUROS. ESTE LUGAR ES UN DESASTRE.
A ERMA LE DARÍA UN ATAQUE SI PUDIERA VERLO.

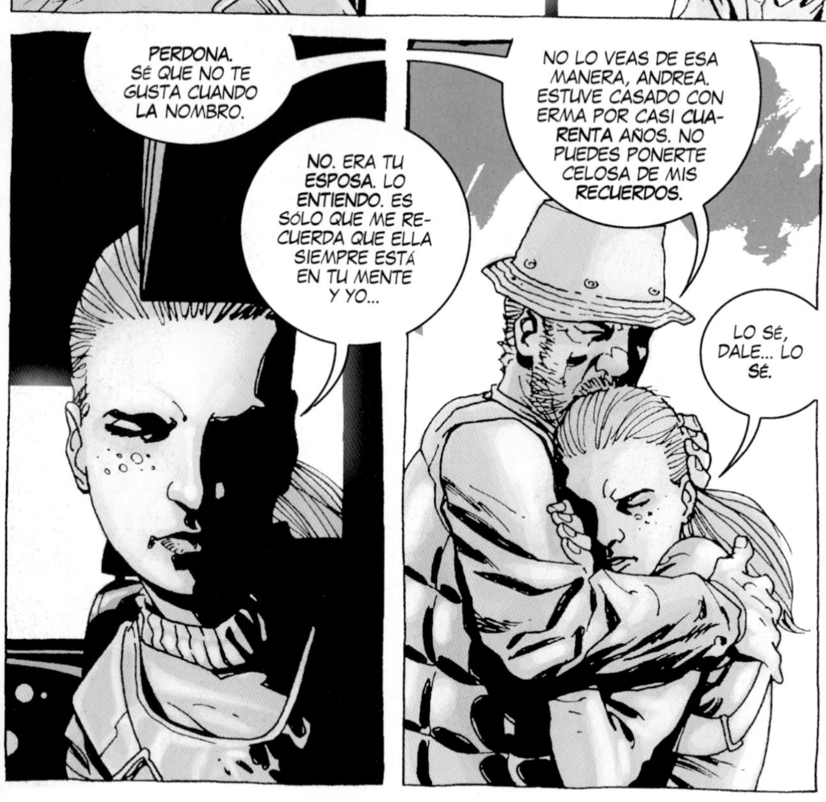
PERDONA. SÉ QUE NO TE GUSTA CUANDO LA NOMBRO.
NO. ERA TU ESPOSA. LO ENTIENDO. ES SÓLO QUE ME RECUERDA QUE ELLA SIEMPRE ESTÁ EN TU MENTE Y YO...
NO LO VEAS DE ESA MANERA, ANDREA. ESTUVE CASADO CON ERMA POR CASI CUARENTA AÑOS. NO PUEDES PONERTE CELOSA DE MIS RECUERDOS.
LO SÉ, DALE... LO SÉ.

TE AMO, ANDREA. EN VERDAD TE AMO.
LO JURO.

NO CREO QUE ESTO SEA TRABAJO DE UN SOLO DÍA. NO LO CREO EN ABSOLUTO. LO SIENTO, AMIGO... PERO CREO QUE TE QUEDAN ALGUNAS NOCHES MÁS EN EL CAMPER.
A MÍ TAMBIÉN ME LO PARECE. AUNQUE SABER QUE PRONTO SALDRÉ DE ESE LUGAR ME MANTENDRÁ ANIMADO. SERÁ AGRADABLE SABER QUE TENGO UN MONTÓN DE PAJA ESPERÁNDOME PARA CAMBIAR MI LUGAR EN EL PISO FRENTE AL SOFÁ.

RESISTE, AMIGO. DEJAREMOS LIMPIO ESTE GRANERO EN UNOS AÑOS...
OYE, ALLEN, ¿CÓMO TE ENCUENTRAS?
¿ESTÁS BIEN?
NO, RICK... Y TAL VEZ NUNCA LO ESTARÉ, PERO NO HAY PROBLEMA. ME MANTENGO EN PIE POR DONNA, POR LOS NIÑOS. ESO ES LO QUE ELLA HUBIERA DESEADO.

¿SABES? DONNA ERA OCHO AÑOS MAYOR QUE YO. SIEMPRE FUE MÁS INTELIGENTE... MÁS CENTRADA... SIEMPRE SABÍA QUÉ HACER. O ERA CAPAZ DE CONVENCERME DE QUE LO SABÍA. NO SÉ CÓMO VOY A CRIAR A ESOS NIÑOS HASTA QUE SEAN ADULTOS SIN ELLA. DE VERDAD QUE NO SÉ QUÉ VOY A HACER. PERO VOY A INTENTARLO.
HARÉ MI MEJOR ESFUERZO.
POR ELLA.

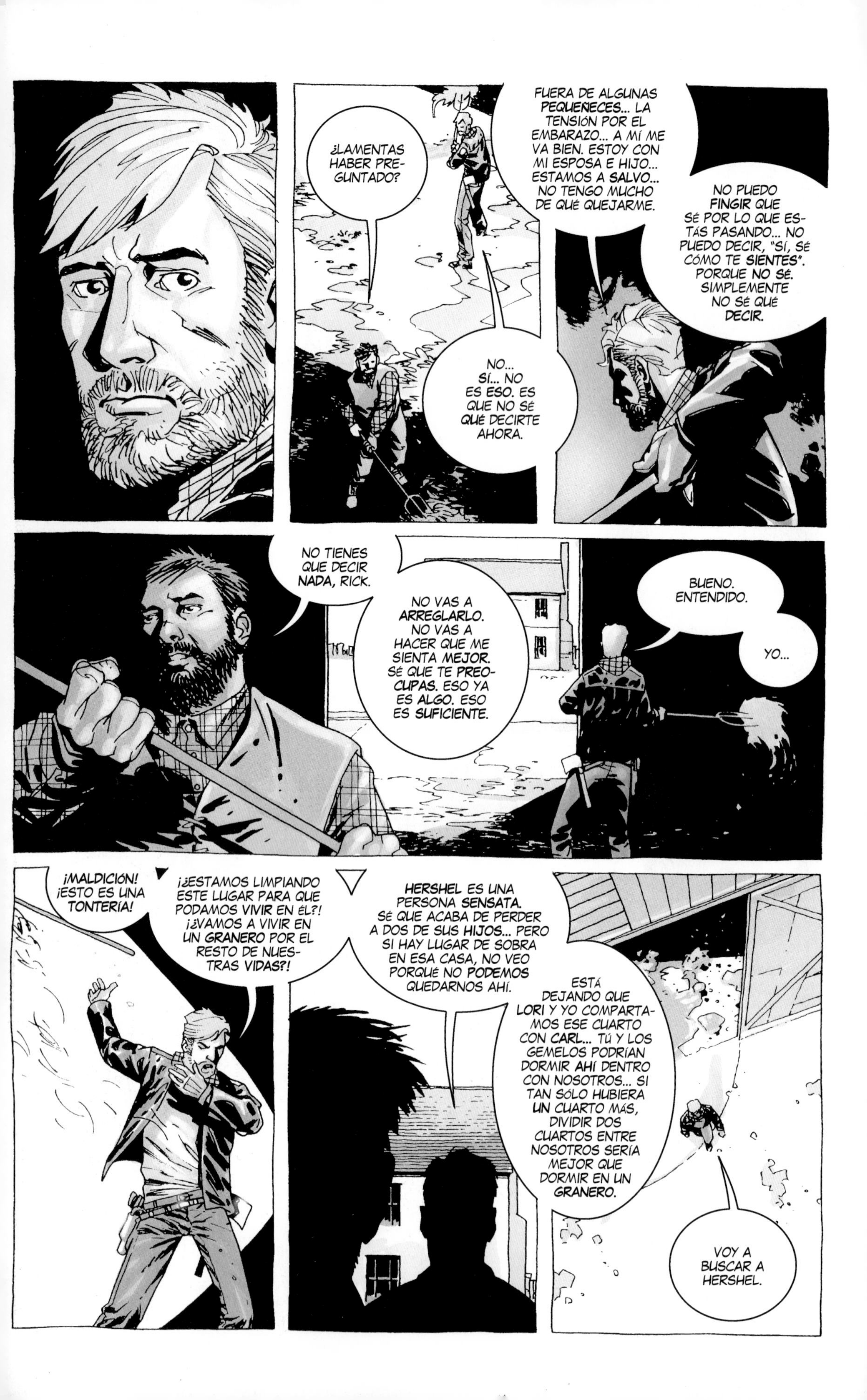
¿LAMENTAS HABER PREGUNTADO?
FUERA DE ALGUNAS PEQUEÑECES... LA TENSIÓN POR EL EMBARAZO... A MÍ ME VA BIEN. ESTOY CON MI ESPOSA E HIJO... ESTAMOS A SALVO... NO TENGO MUCHO DE QUÉ QUEJARME.
NO... SÍ... NO ES ESO. ES QUE NO SÉ QUÉ DECIRTE AHORA.
NO PUEDO FINGIR QUE SÉ POR LO QUE ESTÁS PASANDO... NO PUEDO DECIR, "SÍ, SÉ CÓMO TE SIENTES". PORQUE NO SÉ. SIMPLEMENTE NO SÉ QUÉ DECIR.
NO TIENES QUE DECIR NADA, RICK.
NO VAS A ARREGLARLO. NO VAS A HACER QUE ME SIENTA MEJOR. SÉ QUE TE PREOCUPAS. ESO YA ES ALGO. ESO ES SUFICIENTE.
BUENO. ENTENDIDO.
YO...
¡MALDICIÓN! ¡ESTO ES UNA TONTERÍA!
¡¿ESTAMOS LIMPIANDO ESTE LUGAR PARA QUE PODAMOS VIVIR EN ÉL?! ¡¿VAMOS A VIVIR EN UN GRANERO POR EL RESTO DE NUESTRAS VIDAS?!
HERSHEL ES UNA PERSONA SENSATA. SÉ QUE ACABA DE PERDER A DOS DE SUS HIJOS... PERO SI HAY LUGAR DE SOBRA EN ESA CASA, NO VEO PORQUÉ NO PODEMOS QUEDARNOS AHÍ.
ESTÁ DEJANDO QUE LORI Y YO COMPARTAMOS ESE CUARTO CON CARL... TÚ Y LOS GEMELOS PODRÍAN DORMIR AHÍ DENTRO CON NOSOTROS... SI TAN SÓLO HUBIERA UN CUARTO MÁS, DIVIDIR DOS CUARTOS ENTRE NOSOTROS SERÍA MEJOR QUE DORMIR EN UN GRANERO.
VOY A BUSCAR A HERSHEL.

¿HERSHEL?
¿TIENE UN MINUTO?

MIENTRAS QUE LO QUE ESTÉS A PUNTO DE DECIR PUEDA DECIRSE FRENTE A UN CABALLO, SOY TODO OIDOS.

HERSHEL. SÉ QUE NO ES EL MEJOR MOMENTO PARA HABLAR DE ESTO... CON LO QUE SUCEDIÓ AYER Y TODO ESO, PERO ESTABA PENSANDO...
ALLEN Y YO ESTAMOS ALLÁ ATRÁS LIMPIANDO EL GRANERO PARA QUE PODAMOS DORMIR EN ÉL Y NO VEO PORQUÉ TENEMOS QUE HACERLO. NO DORMIREMOS EN EL GRANERO POR SIEMPRE, Y SI HAY ESPACIO DE SOBRA AHORA EN SU CASA, NO VEO PORQUÉ NO PODA-MOS...

NO. ABSOLUTAMENTE NO. SON BIENVENIDOS AQUÍ MIENTRAS TU HIJO SANA. CUANDO ESTÉ SANO, SE VAN. NO VAN A MUDARSE AQUÍ. NO VAN A TOMAR LA HABITACIÓN DE MI HIJO.
NO.

¿QUÉ?

NO.
AHORA DÉJAME EN PAZ.

¡CON CUIDADO!
ME ROMPIERON VARIAS COSTILLAS EN MIS TIEMPOS... SE ROMPEN MUY FÁCILMENTE.
¿EH?

¿UN HOMBRESOTE RUDO COMO TÚ Y ESTOY RECARGÁNDOME MUY FUERTE?

¿QUÉ PUEDO DECIR...? MI CUERPO ROBUSTO ES PURA MENTIRA.
BUENO, PRUEBA AHORA. RECÁRGATE.

¿MEJOR?
SÍ.

QUÉ GUSTO HABERTE ENCONTRADO, CAROL. TODO ES PERFECTO.
SÍ, ES... RÁPIDO... TOCA MADERA O ALGO POR EL ESTILO.
AY, POR FAVOR.

ES EN SERIO. NUNCA SABES QUÉ VA A PASAR DESPUÉS.

LORI... ¡NO!
¡OIGA!

¡¿ESTÁ ECHÁNDONOS?! ¡¿POR QUÉ?! ¡¿QUÉ DEMONIOS HICIMOS, MALDITA SEA?!
¿CÓMO PUEDE PERMITIRNOS QUEDARNOS AQUÍ POR SEMANAS Y LUEGO SIMPLEMENTE ECHARNOS?

NUNCA LOS INVITÉ A VIVIR AQUÍ. ESTOY PERMITIÉNDOLES QUEDARSE AQUÍ MIENTRAS SANA SU HIJO. NO TENGO COMIDA SUFICIENTE PARA ALIMENTARNOS A TODOS NOSOTROS A LARGO PLAZO. DEBO CUIDAR A MI FAMILIA.

¡¿QUIERE DECIR MANTENIENDO A UN MALDITO GRANERO LLENO DE ZOMBIS JUNTO A SU CASA?! ¿O QUIERE DECIR QUE VA A EMPEZAR A CUIDAR A SU FAMILIA DE AHORA EN ADELANTE?
SI NO HUBIÉRAMOS ESTADO AQUÍ... Y LES HUBIÉRAMOS DADO LAS ARMAS QUE NOS SOBRABAN... ¡TODOS USTEDES ESTARÍAN MUERTOS AHORITA! ¿PERO VA A ECHARNOS FUERA?

¿QUÉ QUIERES DE MÍ? LE SALVÉ LA VIDA A TU HIJO Y PERDÍ A DOS DE LOS MÍOS. ¡¿NO LES HE DADO YA SUFICIENTE?!

NOSOTROS NO MATAMOS A SUS HIJOS... ¡SI ALGUIEN AQUÍ ES RESPONSABLE DE ESO, ÉSE ES USTED Y SU INSENSATEZ!

¡YA SOLTASTE TU LENGUA LO SUFICIENTE, MUJER!
¡PAPÁ, NO!

¡YA FUE SUFICIENTE!

¡NO ME TOQUES, IMBÉCIL!

¡¿IBA A GOLPEARME?! ¿QUÉ FREGADOS LE PASA?

¡AYER PERDÍ A TRES HIJOS, MALDITA PERRA ESTÚPIDA! ¡TRES! HOY ME ENCUENTRO A UNO DE USTEDES TIRÁNDOSE A MI HIJA... ¡LUEGO TU ESPOSO ME PIDE TOMAR LOS CUARTOS DE MIS HIJOS! ¡Y AHORA TÚ ESTÁS FREGÁNDOME PORQUE NO DEJARÉ QUE USTEDES LOS GORRONES SE COMAN TODA MI MALDITA COMIDA Y LLENEN MI CASA!
¡¿QUIÉN DEMONIOS TE CREES?! ÉSTA ES MI PINCHE CASA. TENGO UNA FAMILIA QUE CUIDAR. ¡NO LES DEBO NI MADRES!

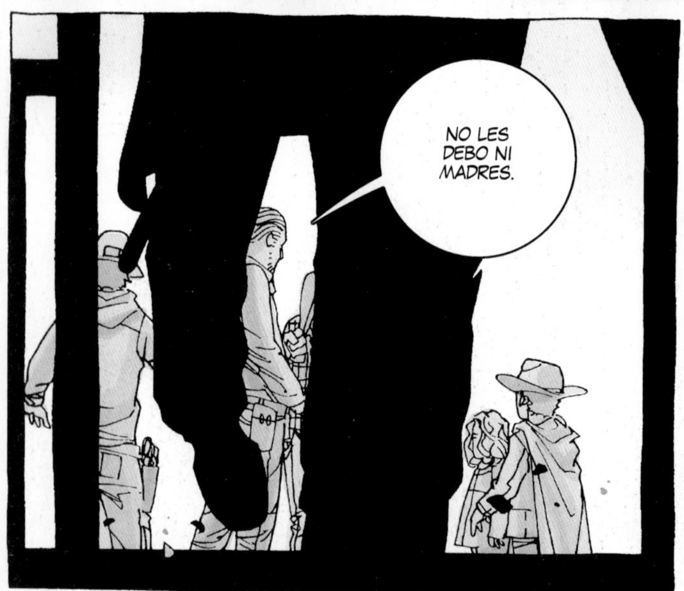
NO LES DEBO NI MADRES.

NUNCA DIJIMOS ESO, HERSHEL.

CREÍMOS QUE NOS DEJARÍA QUEDARNOS AQUÍ. NUNCA MENCIONÓ QUE ESTO FUERA TEMPORAL, MALDITA SEA.
¿TIENE IDEA DE CÓMO ES ESTAR ALLÁ AFUERA? ¿CAZANDO PARA COMER? ¿AMONTONÁNDONOS EN ESE PINCHE CAMPER? ¿SER ATACADOS POR ESOS MONSTRUOS A CADA MALDITO MOMENTO?
NO.
ES. MI.
PROBLEMA.
DEBO CUIDAR A MIS HIJOS.

¿QUÉ HAY DE NUESTROS HIJOS?
TIENE UNA CERCA... UNA CASA... ESTÁ SEGURO AQUÍ. ¡PODRÍAMOS AYUDARLO A CULTIVAR MÁS COMIDA EN EL VERANO, PODRÍAMOS HACER QUE FUNCIONE!

PODRÍAMOS LLEVAR UNA VIDA AQUÍ. NO PUEDE ENVIARNOS DE VUELTA ALLÁ AFUERA ASÍ NADA MÁS. ¡PODRÍAMOS MORIR! ¡ESTÁ SENTENCIÁNDONOS A MUERTE!
¡NO PUEDE HACER ESTO!

LORI, POR FAVOR.
TODO VA A ESTAR BIEN.

LOS QUIERO FUERA DE AQUÍ.
AHORA MISMO.

HERSHEL... ¡¿QUÉ DEMONIOS HACES?!
QUIERO QUE SE VAYAN, OTIS. TODO SE FUE AL INFIERNO DESPUÉS DE QUE LLEGARON.

NOS IBA MUY BIEN ANTES DE QUE LLEGARAN AQUÍ.

ELLOS LO JODIERON TODO.

BIEN. NOS IRE-MOS.
NOS VAMOS.

¿HERSHEL? ¿ESTÁS AHÍ? QUIERO HABLAR CONTIGO.
NO TENGO NI IDEA DE LO QUE ESTÉS PENSANDO, VIEJO... PERO PODRÍAS HABERLE DISPARADO A ESE HOMBRE.
¿PUEDES OÍRME?

VIEJO, ENTIENDO QUE QUIERAS QUE SE VAYAN... PERO ÉSA NO ES LA MANERA DE TRATAR A NADIE. TIENES QUE DISCULPARTE CON RICK ANTES DE QUE SE VAYA, VIEJO.
TIENES QUE...
¿ESTÁS AHÍ?

¿HERSHEL?

¡HERSHEL!

IBA A DISPARARLE A ESE HOMBRE, OTIS. IBA A JALAR ESE GATILLO SI SE HUBIERA RESISTIDO DE CUALQUIER MANERA. TANTO ASÍ QUERÍA QUE SE FUERAN.
CASI JALO EL GATILLO. CASI MATO A UN HOMBRE.

CREO QUE HE PERDIDO LA CABEZA.

¿TE DESPEDISTE DE ESA CHICA?
NO.
¿NO? ¿QUÉ QUIERES DECIR?
NO IRÉ. ESTOY ENAMORADO, RICK... O LO MÁS PARECIDO A ELLO QUE TENDRÉ. NO SÉ SI VOLVERÉ A ENCONTRAR A OTRA MUJER COMO MAGGIE. LO DISCUTIÓ CON SU PADRE... DIJO QUE ESTÁ BIEN.
NO ME IRÉ.
OH, GLENN... YO... EH.
CREO QUE PARTE DE LA RAZÓN POR LA QUE NO TENÍA PROBLEMAS PARA ENTRAR A ATLANTA POR PROVISIONES ERA PORQUE EN REALIDAD NO ME IMPORTABA SI VIVÍA O MORÍA. ESTABA ASUSTADO... PERO NO ME IMPORTABA ESTAR ASUSTADO. CREO QUE CASI QUERÍA MORIR... SÓLO PARA PONERLE FIN A ESO.
YA NO ME SIENTO ASÍ AHORA. NO CON MAGGIE.
DEBO QUEDARME, RICK. YA NO QUIERO SENTIRME ASÍ. NO QUIERO ESTAR SOLO.
NO. GLENN... TE ENTIENDO PERFECTAMENTE. QUIERO QUE SEAS FELIZ.
SOY FELIZ. NO CREÍ QUE FUERA POSIBLE, PERO LO SOY.
¿QUIERES ENTRAR Y DESPEDIRTE DE TODOS?
NO. SÓLO VETE. SOY PÉSIMO PARA LAS DESPEDIDAS.

¡AAAH!
AQUÍ VAMOS DE NUEVO.
CÁLLATE.
MATARÍA POR UNOS PEPINILLOS.
YO MATARÍA POR LO QUE FUERA. TENEMOS QUE ENCONTRAR COMIDA. PRONTO.
ESTO DE LA CACERÍA Y EL SAQUEO NO ES SUFICIENTE... NI POR MUCHO.

¿PUEDO COMER UN POCO MÁS, MAMI?

LO SIENTO, SOPHIA. ES TODO LO QUE TENEMOS. YA NO NOS QUEDA MÁS.

PERO TODAVÍA TENGO HAMBRE.

DE ABARROTES

¿NADA?
NADA QUE PODAMOS COMER.
COMIDA

SE NOS ACABÓ LA GASOLINA. NO HEMOS VISTO NINGÚN COCHE ABANDONADO EN UN BUEN TIEMPO. QUIERO QUE TODOS SE DISPERSEN Y BUSQUEN AUTOS, DONDE SEA. SI VEN ALGUNA CASA CERCANA, INFÓRMENNOS, DEBE HABER ALGO POR AQUÍ DONDE PODAMOS AL MENOS PASAR ALGUNAS NOCHES PARA SALIR DEL CAMPER.
TENGAN SUS ARMAS A LA MANO. SI VEN ALGUNOS ZOMBIS, NO PERMITAN QUE LOS RODEEN. NO LO OLVIDEN, SOMOS MÁS LISTOS Y RÁPIDOS. NO PIERDAN LA CALMA. CORRAN SI ES NECESARIO.
SI ENCUENTRAN ALGO DE COMIDA... TRÁIGANLA AQUÍ PARA QUE PODAMOS COMPARTIRLA. RECUERDEN A LOS NIÑOS.
SI ENCUENTRAN ALGO, COMIDA, GASOLINA, AGUA O REFUGIO, REGRESEN AL CAMPER Y TOQUEN EL CLAXON. ALLEN ESTARÁ AQUÍ CON LOS NIÑOS.
SI NO ENCUENTRAN NADA, REGRESEN AQUÍ ANTES DE QUE OSCUREZCA.
SÓLO TENEMOS UNAS POCAS HORAS.
POR FIN, TIEMPO A SOLAS.
NO TE HAGAS IDEAS. MUERO DE HAMBRE. NO VAMOS A HACER NADA HASTA QUE ENCONTREMOS ALGO DE COMER.
SI PUDIERA HACER LO QUE QUISIERA... TE ARRANCARÍA UN PEDAZO.
QUÉ GRACIOSA.
LOS JÓVENES DE HOY... NADA MÁS NO ENTIENDO SU HUMOR.
AJÁ.
OTRO DÍA MÁS SIN COMIDA Y NINGUNO DE NOSOTROS ESTAREMOS RIENDO.

¡ONG!
¿ESTÁS BI...?

TENEMOS QUE MOSTRÁRSELO A RICK Y A LOS DEMÁS.
SÍ. OH, WUAU.

HONK! HONK! HONK! HONK!
AY.

ESO FUE RÁPIDO. ¿QUÉ ENCONTRA-RON?
YA LO VERÁS, SÓLO SÍGUEME.

OH, DIOS.

OH, NO... ESTÁ LLENO DE ELLOS. NO PODEMOS ENTRAR AHÍ.
PUEDE QUE NO SEA SEGURO AHORA, PERO VEAN ESA CERCA. SE PODRÍA HACER QUE FUE-RA SEGURA. ESE LUGAR TIENE CAMAS, PROVISIONES, ROPA, QUIZÁS HASTA ALGO DE COMIDA... DEBE TENERLO.
MIREN TODO EL TE-RRENO ADENTRO DE LA CERCA... A SALVO, SEGURO. PODRÍAMOS VIVIR AHÍ.
NO... PODEMOS PONERLO EN ORDEN. NO PUEDE HABER TANTOS ADENTRO. ÉSTE ES UN LUGAR MUY BUENO PARA NO APROVE-CHARLO. PODEMOS HACER QUE FUNCIONE.

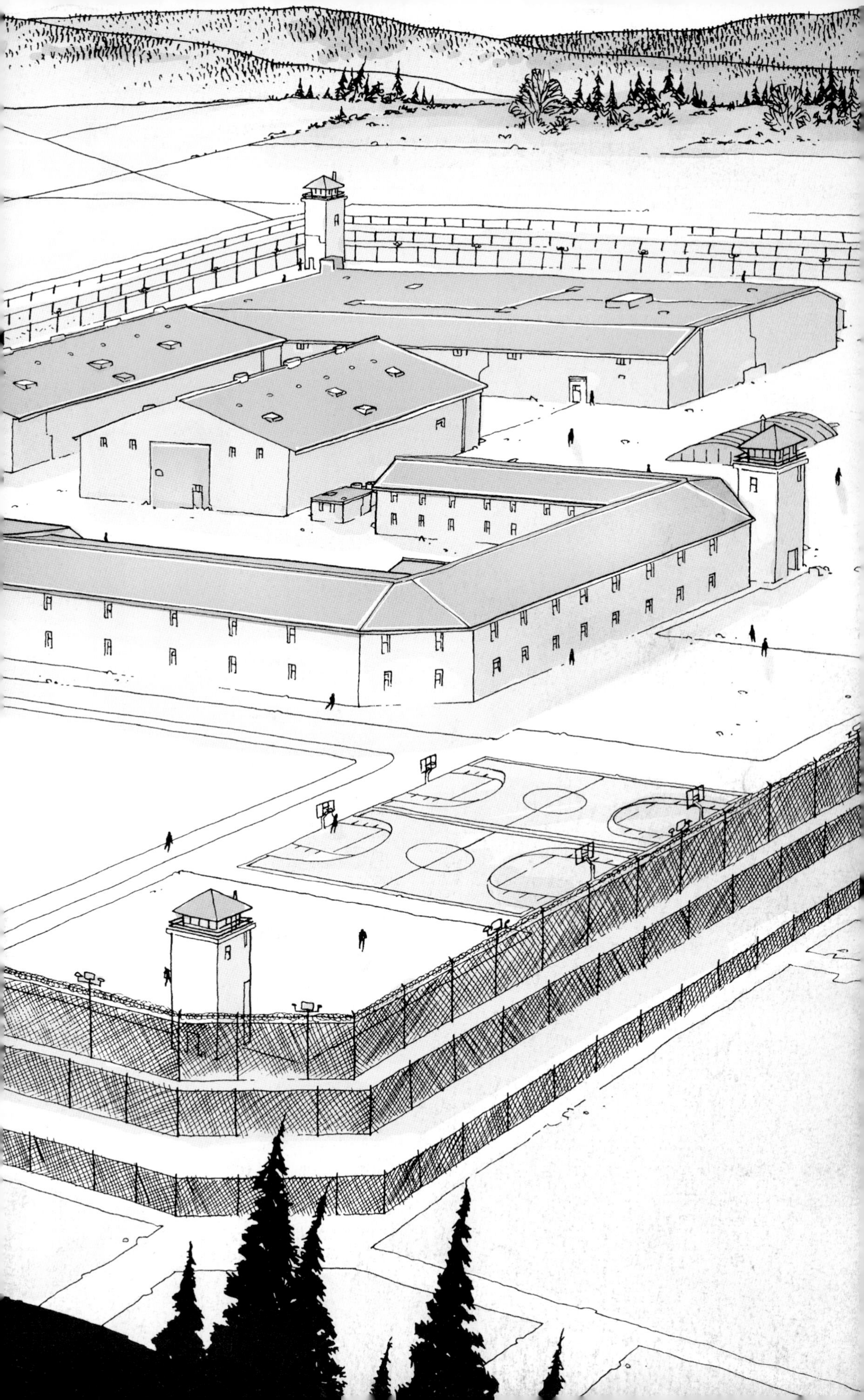

ES PERFECTO.
LLEGAMOS A CASA.

EPÍLOGO POR SIMON PEGG

Mientras que otros monstruos demandan atención con capas, garras y vendajes, el zombi se ha arraigado a sí mismo en nuestras conciencias con poco más de un trastabilleo y un lamento. Metafóricamente, esta criatura clásica encarna a un número de nuestros mayores temores. De manera obvia, es nuestra propia muerte, personificada. La manifestación física de aquello a lo que más tememos. De manera sutil, el zombi representa un número de nuestras inseguridades más ocultas. El temor de que muy en el fondo, podamos ser poco más que animales, preocupados solamente por nuestro apetito. Los zombis pueden representar la amenaza del colectivismo contra la individualidad. La noción de que puedan hacernos desaparecer y ser olvidados, aquello que nos hace especiales, devorados por la multitud.

Curiosamente, esos desgraciados putrefactos también nos brindan esperanza. Los no muertos podrán ser férreos, resueltos e implacables como la lava, pero también son tontos y lentos; ineficaces e ineptos. Uno no tiene que ser Van Helsing ni Peter Venkman para enfrentarse a un zombi. Cualquiera que esté vivo puede hacerlo. Derrotar a un zombi no es una labor insuperable, siempre y cuando mantengan la cabeza fría. Uno no necesita hechizos, estacas o balas de plata, sólo necesita su ingenio y un arma. Una pistola es buena, pero bastará con cualquier objeto contundente, cosas que podríamos tener en casa o en el jardín. Es quizás esta combinación de esperanza frente al terror lo que hace al zombi tan atractivo para nosotros. La idea de que nosotros mismos podríamos vencer a la muerte. Vencerla a golpes hasta que los sesos le salgan por los oídos.

Con The Walking Dead, Robert Kirkman ha capturado brillantemente el espíritu de la visión definitiva del zombi moderno de George A. Romero y la ha aplicado a su propia historia épica de supervivencia. Puedo imaginarme que todos los que han leído esto en algún momento se han hecho la pregunta: ¿Qué haría yo? ¿Cómo sobreviviría si fuera yo contra ellos? Mientras que pareciera que nuestras películas de zombis favoritas terminan muy pronto y nos dejan preguntándonos qué sucedió después, Kirkman puede saborear el viaje y explorar los vastos peligros y dilemas que encara su banda de supervivientes que cada vez se reduce más y se ve superada en número. A menudo, como en algunas de las mejores historias de zombis, los demonios necrófagos en sí son simplemente protagonistas con pequeños roles, un contexto en el cual desarrollar la historia humana. Nuestra preocupación verdadera es por la gente que queda, por su futuro y, por consecuencia, el nuestro propio.

The Walking Dead captura brillantemente la simple verdad de que de frente al Armagedón, las cosas pequeñas permanecen iguales. Aún amamos y odiamos a la misma gente. Aún nos gustan los mismos grupos musicales, tenemos erecciones, siguen asustándonos las alturas y las arañas. Kirkman concentra ingeniosamente su narrativa en las pequeñeces estoicas de la existencia humana y utiliza un apocalipsis zombi extenso para ponerlo de relieve de manera muy definida. A menudo las raíces de la mejor fantasía están firmemente empotradas en la verdad. Es esta realidad sencilla la que hace a The Walking Dead una lectura tan fascinante.

Ahora, tal vez eso sea un montón de especulaciones del tipo escuela de cine o mentiras, pero como todos sabemos, no es prudente subestimar a un zombi. Así que si eres un fan que acaba de leer ávidamente este tomo, que lo devoró con mucha hambre, arañando cada página al cambiarla, desesperado por el siguiente bocado de información, regresa al principio, respira hondo y empieza de nuevo. Saboréalo, reflexiónalo, reevalúalo y como los mejores zombis, hazlo lentamente.

Simon Pegg
2004